WHEN WOMEN WERE BIRDS

万墨轩图书
WIPUB BOOKS

TERRY TEMPEST WILLIAMS

当她们羽翼尚存

WHEN WOMEN WERE BIRDS

Fifty-Four Variations on Voice

聆听母亲的无言日志

[美] 特丽·坦佩斯特·威廉斯 著
韦清琦 译

西南師範大學出版社
国家一级出版社 全国百佳图书出版单位

安·马奇·巴克

(ANN MUDGE BACKER)

她给予我灵感

*

劳拉·西姆斯

(LAURA SIMMS)

她为我讲述故事

*

琳达·亚瑟

(LINDA ASHER)

她为我翻译文献

*

亚历山德拉·富勒

(ALEXANDRA FULLER)

她为我提供腔调

她 们 都 能 展 翅 飞 翔

把一样东西
唤作另一样东西的名字
会不会有一种隐隐的乐趣呢？

——瑞伊·阿曼特劳特（Rae Armantrout）

鸟儿啊，鸟儿……

看她们整装待发，

像精灵的女儿……

飞翔于雪白无垠的纸页上，

全凭心咒丈量空间。

—— 圣－约翰·佩尔斯（St.-John Perse）

WHEN WOMEN
WERE BIRDS

当她们羽翼尚存

* 本书所有的脚注均为译者注。

一

我五十四了，母亲便是在这个岁数时去世的。我仍记得当时的情景：我们躺在她床上，盖着马海毛毯子；我抚摩着她的后背，用手指触摸每一节脊椎骨，如同拂过梯子上的横档。时值一月，屋外是虎视眈眈的酷寒，而屋内，母亲态度的柔和及思路的明澈使房间里自有一番暖意。她临终的方式与平时起居并没有不同：神志清醒。

“我把所有的日志都留给你，”她说话时面朝着百叶窗，我仍然抚摩着她的背部，“不过你得答应我，等我走之后再看。”

我向她做了保证。她告诉我日志收在了哪儿。我都不知道母亲记日志。

一周之后她去世了。那天夜晚满月当空，似还挂着一圈冰晶。

下一个满月之夜，我独自在家，仍期盼着母亲出现。随她逝去而来的寂静令我不知所措。斯人已逝，音容犹在。读她的日志正是时候。它们不偏不倚地放在她所说的地点，满满三层书架，全是精美的布艺装帧，有的是花草图案，有的则为涡旋纹，还有纯色的，每一本的书脊都与书架的前缘正好对齐。我打开第一本日志。是空的。我打开第二本。是空的。我打开第三本。还是空的，第四、五、六本——成排成架，我母亲的所有日志都是空白的。

二

我不知道母亲为什么长年累月、一本接一本地买日志本，不留片言只语，偏还要留给我。

我永远也无从知晓。

她的空白日志所带来的打击，不亚于第二个噩耗。

我母亲的日志是纸做的墓碑。

我五十四了，母亲便是在这个岁数去世的。当时我都没有意识到她还那么年轻，可是这不就是做母亲的自负吗——我们掩藏了自己的青春，只为儿女存在着。虽有百害环伺，母亲们却总自以为能安然无恙，总是心存痴念，以为自身并无牵挂，只为我们所爱之人操心。我们将自己的需求伪装成别人的需求。假如有故事讲的是没影子的人，那指的就是我们女人纯粹活在直射的阳光之下。

当我们女人羽翼尚存时，我们并不这么看。我们知道自己最大的自由就是翱翔于夜间，将天国的黑暗据为己有，在星辰与自我想象的星座的慧海中巡弋，沉浸于因未卜而引发的欣喜和惊惧中。

母亲想做什么，做到了什么，这都成了她的秘密。

我们都有自己的秘密。我有我的。保留了言语，便拥有了一种权利。但是，与他人开诚布公地分享言语，也是力量。

我清楚母亲内心的这些沉默。那是力的源地，神圣不可侵犯。蒂莉·奥尔森对此有所研究。她写道：

文学的历史和现在因种种的沉默而昏黑一片……多年来我一直出于特殊的需要而全力探究，我本人差不多便是无言的，总是不得不让写作一次次地泯灭于内心。这不是自然的沉默——济慈称之为冗长的痛楚——那是为新陈代谢、休耕养地、妊娠怀胎等创造的自然循环所留出的必要时间。我这里说的沉默并非自然现象：努力要说些什么却受到非自然的阻挠，而无法形成话语。

我们将这样的沉默作为自己的十字架背负了起来。

什么是声音?

依我说，声音是这样的：我听见的第一个声音属于我母亲。我从子宫里听到的首先便是她的声音；从我的脑袋出世的那一刻起；从我被推挤出来放在她的肚腹上的那一刻起，那时脐带还未及剪断呢；从她轻柔地将我抱在怀里的那一刻起——母亲对我说：“喂，小家伙。你在这里，我也在这儿呢。”

依我说就是这样的：母亲的声音是深入我体内细胞中的一支摇篮曲。当我安静的时候，我的身体感知着她的呼吸。

三

阈限。临界。在界与界之间的我的身体。这个词把我带回了原初的状态。“我是水。我是水。”我是海洋里的细胞，进化为一种将我向上拉起的意识。我沿着一片沙质海滩的残骸冲击堆行走着，拾起几个贝壳：峨螺，宝螺，还有一个螺旋状的贝壳，每一样都见证了一个我们看不见的世界，除非我们去触碰，举到耳边倾听。这个无形的世界能够与我们对话。在这个浩瀚荡漾的大洋里，我们被轻柔地抱起。波涛载着我们起伏，宛如母亲歌声的跌宕。我们身上有很多部分都源起于这里的咸水。我又捡起一枚贝壳倾听起来……

我母亲把她的日志留给了我，

而所有的日志都是空白的。

在摩门文化里，女人须做两件事：记日志、生孩子，两者都算作参与了对过去和未来的致敬。个人的知识和延续通过讲述故事得以维系。我母亲记日志，并且生了四个孩子：一女三子。我是她的女儿，深爱着文字。她的日志如潮水般反复袭来，似要将我吞噬。潜于其下是我唯一的保护。

四

母女构成了一种边缘。边缘属于交错群落、过渡地带，一个或有危险，或存在机会的地方，从家居到寄居的张力。当我站在陆地与海洋的边缘，我能感受到这种张力，这种过渡的流体线。涨潮。退潮。正是大海的潮起潮落让我意识到：我们成为人类还是不久之前的事。

我生在太平洋的边缘。加利福尼亚就是天堂。母亲每天都带我去卡皮斯特拉诺附近的海滩，那里是归燕的家园。当父亲在空军服役时，母亲和我在沙地里玩耍。我一定是在这里将涛声的节律、海鸥的嘶鸣以及母亲的心如止水都铭刻在了记忆里。

就是在这里，在沙地和浪花的边缘，我滋长出去看地平线的欲望，想极目眺望，看得尽可能远，尽可能宽。对远景的渴求始终伴随着我。我一定是在这里爱上了水，领略了它的威力和崇高，懂得了我所爱之物也能杀死我，将我打倒，或将我淹溺在突如其来的浪涛中。若真如此，那么我也是在这里明白了我是能够躲过伤害的。我相信自己有能力站起来不顾一切地返身奔进惊涛骇浪里。浪花跌散开向我扑来，淹没了我的脚，又退入海里，一浪接一浪都是如此。这是一种巨大的引诱。在这涌动海水的边缘，欢欣是没有尽头的。

每到夜晚，橘子花和海盐的气息便让落日燃成火球，并缓缓浸于海水中。我在生命中的每一年都目睹这一海洋的浸礼。一年都不曾错过。

这与母亲及水有什么关系？

破羊水。我们生于流动而非固化之物。水为根本。母亲为根本。作为母亲的海洋，强大而充满魅惑，是一种既给予安慰，又不乏破坏的创生力量。母亲和我在我们坐的沙滩上产生了相互的信赖。我们在一起玩，其间有多段静默。我们自娱自乐。身处大陆边缘，向西眺望，我们产生了对环绕着我们的和平与暴力的理解。彰显出力量的是大海雷鸣般的吼声，是波涛的翻卷和拍击。水总是循环往复，是对生命之强韧的一再演示，若非如此，水就什么都不是。

而海里的生命既浮于表面，又藏在深处；既有亲见，也不乏想象。我们抛一根渔线，我们一网撒下去，宗教便以鱼的面目显露出来。

我母亲的忤逆在于饥饿。她一言不发就把她的饥饿传给了我。孤寂是关于水的记忆。我住在沙漠里。我每天都感到渴。

当我打开母亲的日志，阅读着空白页时，那空白转译为渴求，也正是母亲所转译给我的饥饿和渴求。我要重写这个故事，在母亲日志的纸页上创作出自己的故事。

五

我在母亲日志的空页上写着，用的不是钢笔而是铅笔。涂擦的感觉很不错。墨水的永久性只是幻觉。墨水是会褪色的，给纸张吸收掉。水也可以弄糊墨迹！墨水消耗得很快。铅笔则可以削尖了重复用，直至消耗殆尽。就像我。过去，我的文字在火焰中迸发。如今，我的文字从水里流淌出来。女人的羊水破了，她便开始分娩。临盆了。作家的想象挣破了约束，她也进入了生产状态。

每样东西都能给人新感受。新的一年。新的年代。新的空白页。我在母亲日志的空白页上书写着，用的不是钢笔而是铅笔。涂擦的感觉真好。

涂擦（ERASURE）

1. 抹擦或刮除书写、刻印的字迹等；涂抹。

2. 完全消除：

她无法从记忆里除去那一悲剧场景。

3. 删除（录制在磁带或磁盘上的材料）：

她删除了那条信息。

4. 删除（磁带或磁盘上的）所有录制材料：

他不小心把磁带内容删了。

5. 俚语，谋杀：

得除掉她，以免她把实话说出来。

6. 易于消除，或毫无困难地被抹消。

7. 从某物体上擦除字迹、字母或印记等。

8. 移除；擦掉。

起源：1595—1605；拉丁语 ērāsus (ērādere 的过去分词), 相当于 ē-e- + rāsus 刮除；参见 raze（消除、拆毁）。

词性：动词

近义词：

abolish：废除，废止；取消，革除

annul：取消；废除；宣告无效

black out：中断，停止；熄灭灯火

blank：使……无效；使……模糊；封锁

blot：涂污，弄脏；用吸墨纸弄干（或除去）

blue-pencil：删除；修正

cross out：删去；注销

cut：切割；削减；缩短；

cut out：切断；删去；停止；关掉

delete：删除

disannul：取消；使无效

dispatch：派遣；分派

efface：抹去，抹掉；

eliminate：消除；排除

excise：切除

expunge：擦去；删掉

extirpate：使连根拔起；灭绝，破除

gut：取出内脏；摧毁（建筑物等）的内部

kill：杀死；扼杀；使终止；抵消

launder：洗涤；清洗；洗黑钱

negate：否定；取消；使无效

nullify：使无效，作废；取消

obliterate：消灭；涂去；冲刷；忘掉

scratch out：划掉；勾去

stamp out：扑灭；踩灭

strike：打，击；罢工；撞击，冲击；侵袭

strike out：打击；删去

take out：取出；去掉

trim：修剪；整理

wipe out：消灭，彻底摧毁

withdraw：撤退；收回；撤销

涂擦。所有的女人都知道，却很少谈。我对涂擦无所谓，假如是我自己擦掉的话。我自己的选择。写一个词。用词

不当。把铅笔调个个儿，擦掉。在纸页上反复擦。把铅笔转回来。又写起来。笔触于纸页。停顿。找到了恰当的词。写下。一个词接一个词，女人的语言多从呢喃开始。

我把所有的日志都留给你……

当沉默是一种选项时，它是一种令人不安的存在。当沉默为强制时，它就成了审查制度。

我母亲的日志是一种沉迷。

我母亲的日志是一种可分享的沉迷。

我母亲的日志是一种占有。

我母亲的日志此时占有了我。

我母亲的日志是欲望。

我母亲的日志是我愿了解的欲望。

我母亲的日志是证明。

我母亲的日志是她懂得我的证明。

我母亲的日志是缺席的力量。

我母亲的日志是在场的力量。

六

我父亲时常要出差，到犹他州的黑尔珀或是怀俄明州的拜格斯去铺排、安装输气管线，一走就是数周、数月，母亲每逢此时都显得尤为平静。对于孩子而言那就是过节。饭桌上很放松，家里有一种度假的氛围，可以从他带给人的紧张感里摆脱出来。

父亲是我们的行动派：玩传接球、登山，还有猎鹿。如果邻里发生了偷盗案，他就组织起民防团整治到位。如果有河流可以去漂流，他就去漂，比方说格林河或科罗拉多河或是蛇河。这些水路流出了地图，流入我们的血脉中，将父亲对荒野的热爱如文身般渗入我们对他的爱。如果要去登一座山，那我这个女儿肯定跟在他后面。提顿山脉、沃瓦奇山、温德河岭，这些都成为我们作为一家人的集体脊骨。

在家的时候，我们每晚都以探险故事来结束一天。我们最喜欢的是道尔·G.耶格尔的《疤脸：一只灰熊的故事》（*Scarface: The Story of a Grizzly*）。我们坐在他膝上，听父亲用优美的语言讲述灰熊在木材堆里的行踪，它们所看见的，闻见的，它们雄厚的掌力。我们不仅被感人的故事吸引住了，而且还陶醉在父亲对那庞然巨兽的激情之中。我和弟弟们听得聚精会神。约翰·坦佩斯特首先是个讲故事的人。不过有一点我们很清楚：当他足蹬靴子走过沟渠，为铺设贯穿美国西部的高压输油管线而分派任务时，他才觉得自己最有成就感。

母亲自有其紧张度，不过她掌握得很好，特别是我们单独和她在一起的时候。我们曾在盐湖城的摩尔蒙特道住过一阵，就是在那些日子里母亲向我和哥哥斯蒂夫介绍了普罗科菲耶夫的《彼得与狼》（*Peter and the Wolf*）。我们守着电唱机盘腿坐在地板上，一坐就是整整一个下午、一个晚上，全神贯注地听着音乐剧。唱片放完，我们便抬起唱针放到起始处再听。

我一点儿都不知道普罗科菲耶夫魔咒下的这些时辰里，母亲去做什么了，但我肯定要点就在于此。我们和彼得一起度过的时光里，她是能独处的。

通过英国人理查德·黑尔的权威讲述，斯蒂夫和我领略到了每一角色与众不同的音质：鸟儿是长笛，鸭子是双簧管，猫则用单簧管，祖父以巴松管吹出，而表现狼的是三只法国号，体现彼得在场的是管弦乐队奏出的旋律，来福枪声的效果由定音鼓来完成。

“在一个清早，彼得打开大门，走进一片广阔的绿草地——一只小鸟栖在大树的枝丫上，他是彼得的朋友。‘一切都很安静。’鸟儿欢鸣道……”

接着，管弦乐队演绎的历险故事奏响了。

现在我意识到：在这部普罗科菲耶夫只花了四天谱写的三十分钟的作品里，我接受了第一次声响训练。我们每人都是如此。每一种声响都独具特点，如诉如泣，可谓值得声声入耳，只不过需要去倾听。

《彼得与狼》还是一节如何通过故事来表达自然平衡的早教课。生态位[①]便是声响的特定性。

“小鸟看见鸭子后便飞落于草地上，紧靠着她，耸耸肩：‘假如你不能飞，算什么鸟呢？’鸭子对答：‘假如你不会游泳，又算什么鸟？’说完便扎进水塘。”

① 生态位：又译为生态龛，表示生态系统中每种生物生存所必需的生存环境的最小阈值。

对于弟弟们和我而言，自然的循环是有意识或无意识地由一部交响乐的诸般声音来体现的。“而如果听得专注，就能听见鸭子在狼肚子里嘎嘎叫唤，因为狼匆忙间生吞了她。”

反反复复地倾听乐器大家庭奏出的草地与林子里的各种鲜活声响，我们能认可并欣赏每一种生命的尊严及独特。

彼得向我们展示了母亲希望我们懂得而无须言明的一切。她或许装作关上门走掉了，可是她明白我们学到了。世界便是这样——它并不安全，但无论生活会怎样令人惊骇或困惑，我们仍然能克服恐惧，像彼得那样抓住狼尾巴，并与世界为善。

每种声响各有其位，独处也是如此。母亲丢下我们，让我们自娱，她同时独享自在，找回属于自己的宝贵时光。不能独处的时候，她就为此而冥思。

七

如果说母亲记着空白的日志，那么祖母[①]的日志就是她的野外指南。准确说就是罗杰·托里·彼得森的野外指南。每册指南都包覆着松石绿布，各类风物都有编目、鉴定并配插图：星辰、岩石及矿物、树木及灌木、野花、贝壳、昆虫、鱼类、两栖及爬行动物、哺乳动物，还有鸟类。她最喜爱的指南是《西部鸟类图鉴》（*A Field Guide to Western Birds*），1961 年由霍顿·米夫林出版公司出版。它包着宝蓝色防尘套，印着白字，右上角是一只善知鸟的绘像，书名下方的白方框内还有一只西部唐纳雀和一只黄昏雀。

我书桌上放着祖母的那本。防尘套已破损了。打开书，

① 作者在书中对于自己祖母使用了两种称呼：grandmother 和 mimi，分别译作祖母和奶奶。

末尾几页画满了栖在电话线、树木及篱笆桩上的鸟儿侧像，都是能在开车路上碰见的：知更鸟、喜鹊、哀鸠、乌鸦。

祖母的手迹是红钢笔写的，个性十足，她在内页沿对角线签上“凯思琳·布莱克特·坦佩斯特，犹他州盐湖城果园大道1599号，84106”，字体婉转曲折。

在每一张插图页，只要是她见识过的种类，她便紧挨着鸟儿的画像写下首次目睹的时间和地点。例如在一只隐居鸫的旁边她写着：“1962年，布伦牧场。”

要是我用自己的图鉴和她的对比一下，很多我第一次看到的种类与她的记录是一致的，记忆也便纷至沓来。第一次见到唐纳雀是在朋友盖尔·普莱特家，米尔溪穿其后院而过并注入盐湖。在她的生日宴上，那只唐纳雀出现了。我即刻如坠恍惚，跟了过去，全然不顾什么游艺活动。这是我一直渴望目睹的鸟儿。没错，极富特色的红脑袋、黄身躯和黑羽翅映入了眼帘。普莱特夫人跟过来问我在看什么，我飞快地指了指那只栖在三角叶杨上的鸟。她气恼我开小差，吩咐我回到其他孩子中去。我问她是否可以给祖母打个电话，并得到了许可。奶奶几分钟内就驾着她那辆金色尾翼的凯迪拉克赶过来，并带领我们这帮女孩子，让每个人都用她那架双筒望远镜观察那只红黄黑三色的鸟儿。

这样的时刻在我俩的图鉴里都有重演。我的那本是五岁时她送给我的。那是我的第一本带上床的书。我躲在被窝里，一手打着电筒，一手拿着图鉴。我仔细玩味着每只鸟儿的绘图，并带入了梦乡。

在一个有猎枪的家里，爸爸要打的各种野鸭，我全认识。

我跟他要它们的翅膀。右翅。左翅。我把它们的羽毛集成一捧。当我们坐下来享用时，我默默地为桂红鸭和红头鸭祈祷着。

八

八月的早晨空气清新。画眉和各种莺鸟一起混唱曲子，响彻在林子里，就像有一支庞大的交响乐团。片片草叶随着和煦的晨风有节奏地前后摇摆着。

这是我 1970 年夏天一本日志中的话。那年我十四岁。

奶奶和我走出小屋，准备体验和观察自然世界里能找到的各种秘密和刺激。我们手持双筒望远镜走着，这样可以观察到最细微的景象……我们感受到温暖的阳光从山杨叶透射下来。

我们在一根老疙瘩原木上坐下来，那是好多年前被闪电击倒的。我们倾听着，倾听周围的寂静。我只听到一种无声之美。

祖母和我当时住在一座祖传木屋里，地处犹他州尤因塔山区，那里是美国唯一东西走向的山脉。我们的目的地是巴德湖。奶奶起得很早。“该去看鸟儿了。”她说。我信赖她，于是天还没亮我们已经到了野外。初露的晨曦中，我们坐在了那根原木上，此时鸟儿的鸣啭铺天盖地而来。

鸟叫声似乎很有感染力，因为整个草地都沸腾了。忽然，一只丛林鸦陡然尖叫起来，刺耳得如同在警告所有的生灵。于是一片死寂……从山脊上方飞来了一只鹰。

我们目睹那只金雕俯冲下来，用利爪攫住了一只老鼠。

到了巴德湖，我看看祖母的脸，感到其中有很深沉的信息。她凝望着湖，我猜她是在思索：自然的周而复始总是能带给人安慰。光秃秃的树枝总能在春天发芽，黄色的蒲公英总要结满白花花的绒球，每一个生命都弥足自珍……
奶奶转过头对我说："我们是自然的一部分……"

简单的语句，情感流溢的语句，写于兴高采烈的青春时代，我和祖母在一片山杨林中分享寻到的宁静。肥沃的黑土遮蔽在树林之中，树干雪白，树叶则是亮晶晶、圆溜溜的，我的声音即在这里扎下了根。

这些早年手写于日志中的语句，确证了我人生中每一种经历都要体验两次：一次在世界里，再一次就是在书页中。

回家时，我把写下的这几页读给父亲听。

"有点儿花哨啊。"他说。

九

语言障碍的确是失去声音的上佳途径，尤其是在四年级时。当课间的大多数孩子在外面玩时，我却要跟着帕金森夫人进行发音矫治。“吞舌练习课，”她说，“你老师推荐的，帮助你克服大舌头。”

老师之前已告诉她我有大舌头。我很难为情，脸红得厉害。没人告诉我的话，我还不知道自己口齿不清。通常我们并不懂得倾听自己的发声。朋友会取笑我，用那种小孩子的方式。有时候我跟着他们一起笑。有时候我笑不出来。可是，对于批评和嘲讽最确定的解决办法是很简单的：缄口不言。

在学校里的莫大恐惧是会被叫起来朗读。果真如此，我便祈祷让我读一读不带字母“s”的段落吧。那老掉牙的绕口令“Sally sat by the seashore...”成了我的梦魇。我会想办法把交谈引向“Peter Piper picked a peck of pickled peppers”。我对转移话题已经得心应手了。

帕金森夫人和我在她那间特殊教室里一周约见三次，那儿摆满了植物，墙上则到处都是贴画，绘制着各种辅音和元音的发声图。当我说话及吞咽时，她便帮助我矫正舌头位置，其中要点在于制止挺舌动作。

练习是这么进行的：她给我一块咸饼干嚼，我必须在舌中央团出个小球来，做好后张嘴给她看。

大加鼓励之后，她会用一只极小的橡皮圈套在我舌尖上（至少记忆中是如此），并用自己的舌头展示如何将其放置“到位”（口腔上颚的脊部）。

我会按照她的演示不偏不倚地放好舌头，她便说：“好了，吞吧。”

我吞咽着。她看着。

“非常好。”

每节课我都要吃掉一排饼干，差不多是这样的。这是吞咽练习单元，而改掉我大舌头毛病的则是另一种课。

假如我按通常的舌位——在门牙“及其邻居”之后偏右——说“萨莉”，我会发出漏风的声音并说成“擦莉”。可假如我的舌头挪到嘴的另一边，顶住左门牙和紧挨着的一颗之间，我就能发出干净利落的正音。“萨莉。”毫无口齿不清。

我要做的就是练习。帕金森夫人和我一起读诗，我朗读，她轻读。她教我如何听单词的发音，并在节奏和特定组合的音乐感中找到乐趣，就像艾米莉·狄金森有首诗的开头：

有些人安息日去了教堂；
我则待在家中守望，
食米鸟充当了唱诗手，
果树林成为礼拜堂。[1]

诗里有好多个“s”发音的单词，可是我并不在意，因为爱极了诗的内容。我忘记了自己，只专注于读了什么而不是怎么读的。

① 狄金森原诗为：“Some keep the Sabbath going to church; I keep it staying at home, With a bobolink for a chorister, And an orchard for a dome.”

我们所分享的诗中，我最喜欢的包括一首罗伯特·弗罗斯特的《探询的表情》[①]：

> 那只冬枭恰好及时地侧身飞过，
> 从而避免了把那块窗玻璃撞破。
> 然后它突然尽力地伸展开翅膀，
> 让双翼浸透傍晚最后一抹霞光，
> 它在进行一场超低空飞行表演，
> 为关注窗玻璃后面的那些少年。

她知道我喜欢鸟儿。是不是我跟她说过我喜爱猫头鹰呢？这让我更加钦佩我的语言矫治师了，并期待着同她在一起的时光。

我的家庭作业就是和母亲大声读诗。“发——音——要——清——晰。”我记得她慢条斯理地说，就是要吐字清楚地朗诵。忽然间我开始喜欢上了说话的艺术，因为它

① 弗罗斯特原诗为：“The winter owl banked just in time to pass/And herself from breaking window glass. And her wings straining suddenly aspread/Caught color from the last of evening red/In a display of underdown and quill/To glassed-in children at the window sill.”此处采用了曹明伦的译文。

承接了听的艺术。这些诗都是谜语，是秘密，每一首都隐藏了自身的意义，而如何读出来就很重要了。我的任务便是用尽可能美的方式传送每个词，从而对每个词所蕴含的力道表达出尊重。

四年级的我并不懂得什么头韵、抑扬格五音步，也没有意识到猫头鹰象征了智慧，而孩子们对与命运发生的碰撞还一无所知。我也尚不能明白这些关于自然与文化的主题会在我心里滋长，并在日后成就了我的作家梦想。我只明白这些诗带给我嘴巴和耳朵的愉悦。我没法向小伙伴们解释自己是多么享受语音课，哪怕这意味着错过了课间活动。诗歌成了游戏、文字运动，比四方格[①]或者足球场上跨栏更好玩，更有挑战性。

帕金森夫人相信人声之美，并称我的嗓音为“乐器”。她教我以我先前未知的信心和欢欣去说话。她帮助我培养发声的意识，以此去除难堪的源头。她坚持听下去。我不再害怕老师在课堂上叫我起来读书，因为帕金森夫人让我认识到了自身声音的潜能，这是由技巧和实物支撑的，可

① 四方格：four square，一种儿童游戏。在地上画一个正方形，并将对角线相连；四个人分别站在四个角，彼此传球；球必须在对方所属格子中弹跳一次，且球必须保持动态，将球接起来者算犯规出局。

以克服不安全感以及犹疑。我以词语爱好者的形象示人。

并非我找到了自己的声音，而是我的声音通过一位富有同情心的老师找到了我。这位老师懂得诗歌如何以语言的优雅和抒情来改变我们。帕金森夫人与我分享着她对诗的喜爱，从而激发我超越自我恐惧去开口说话。

我不相信我们能完全脱离恐惧。当儿时口齿不清的记忆在所有的肌体中苏醒时，我站起来说话依然会颤抖，神经在每处皮肤之下抽动得让我感到晕眩。站在一群人里的最初几分钟，我的本能会嚷道："拔腿逃吧，还来得及。"然而接着我会顿一顿，环视房间，看看在场有哪些人在注视我，并把自己像罗盘似的调整到位，同时记起词语比我自身要强大很多。我深吸一口气，将恐惧暂置一边并侃侃而谈起来，那是发自美与勇气交汇的地方，发自一颗颤动的心所赖以生存的肺腑深处。

十

玛蒂尔达·托马斯出生于去年元旦。她的父亲是我的外甥内特。她母亲名叫金娜，是第一代韩裔美国人。依韩国人的传统，宝宝在第一个生日时，大人们把代表了父母及亲朋好友职业的物件堆在桌上，其中还夹杂着象征财富的 1 美元纸币，或是仿真枪——象征着军旅生涯。这些东西被放在宝宝面前供她随心挑选。老话认为孩子抓到了什么，她以后就会做什么。若多抓了两样则表明还有其他兴趣爱好相伴。玛蒂尔达抓起厨师的大勺子，一位大厨呀，父亲的黑莓手机——律师嘛；还有姨妈的铅笔，作家。

趁没人看见时我对玛蒂尔达耳语道："铅笔是魔杖，是武器。仔细点啊。要保护你自己。那可是件宝贝。"

我母亲把她的日志留给了我，而所有的日志都是空白。

艾米莉·狄金森躲在卧室里写诗，基本上是秘而不宣的。诗人苏珊·豪写道：“她也许选择去了静默的空间，那里无所谓权利，无所谓性别，无所谓声音，印刷书籍这个念想本身都貌似是个陷阱。”

我不知道是不是该给玛蒂尔达一张白纸。

亲爱的玛蒂尔达，我写给你这封信时，是用沾了血的羽毛笔写的……

不，那样不合适。

亲爱的玛蒂尔达，我写给你这封信时，是用沾了隐形墨水的羽毛笔写的……

正是母亲教我们怎样用柠檬汁来写密信。她拿一个柠檬放在案台上滚搓，然后一切为二，把汁水挤在碗里。我们手持画笔，把字写在仿羊皮纸上。再点燃一根火柴，火焰在纸下方燃烧，隐藏的字迹便神奇地显现了。

母亲的日志是用隐形墨水写的。

十一

《空气知识大全》（*All About Air*）是一本我在图书馆借了多次的书，那看不见却离不开的东西让我着迷不已。构成空气的四大气体：氮（78.09%）、氧（20.95%）、氩（0.93%）及二氧化碳（0.039%）。水蒸气（2%）也存在于大气中。我有了信心。这看不见的世界是真实的。

阳光照在客厅的地板上，形成了一个小光圈，我躺在其中，看着上方的灰尘在光柱里飞舞。我试着根据那本空气图鉴来辨认各种尘粒：皮肤干屑、尘土、沙粒，或是从海里来的盐。这混合物中也不乏烟和花粉，能想象得出尘螨吃着浮游的微粒，不停地在我们周遭打转儿，只是渺小得我们看不到而已。太阳像个诚实的中介，展示出我们所呼吸的东西。可最令我激动的是，每天都有数百万流星在进入大气层时燃烧殆尽，其结果就是地球从外太空接收了十吨的灰尘。我们呼吸之间吐纳着的不仅是世界，还有宇宙。星尘造就了我们。

我母亲的日志，部分是氮，部分是氧，部分是氩，部分是二氧化碳，还有水蒸气，都是不可见的颗粒。

“恒星是我们的先祖，”玛丽·伊夫林·塔克和布莱恩·斯维摩在《宇宙之旅》（*The Journey of the Universe*）中写道，“万物来源于恒星……对于恒星而言，创造力取决于对一种不衡定状态的维系……那是引力与融合之间……外扩与内缩之间的动态张力……恒星便是无限创造力之母体。”

我母亲的日志在每次翻合之间，便是扩张与坍缩的宇宙。

十二

在瓦萨奇山脉贫瘠的山脚地带，银河拱悬于我们头顶。那是我们在就寝之前目力所跨越的夜路。那是我个人的宇宙，有其自身内在的真理。于我，真理的基石是我所能看见和听见的，能触摸到和品尝到的，比任何宗教教义都更加可信。室内的宗教索然无味，室外的宗教才让我兴致盎然。侧身呈赭色的红眼雀在去年落叶层的下面挠扒；天青色的白颊鸟在青翠的林冠上歌唱时宛如蓝绿色的惊叹号；而蓝灰的蚋鹩则在这野性的自然持续叙事中充当了逗号。我的灵感如乘风之翼。喜鹊、黄昏雀和丛林鸦是我的亲属，红头鹫翱翔于头顶，在炎夏里不经意间投下片片阴影。响尾蛇让我们对户外生活的情感复杂起来。我们首先听到，然后才看到它们蜷成一团，不及数到三我们便逃之夭夭。我们凝神于云彩的变幻。

一放学，我们的“抓俘虏”游戏就开始了，这是山里小孩儿玩的“金银岛”。附近的孩子在胭脂栎丛中将树屋建了又拆，拆了又建。

说不清这让我们乐此不疲的游戏究竟有何意义，反正从醒来到吃晚饭我们就一直泡在里面。我们互相跟踪侦查，女孩儿利用树的掩护监视男孩儿。只是想一想就很美好：我是另外的什么人，住在另外什么地方，整个暑假我都沉湎在快乐的想象里。

我们编造自己的语言。我们画地图，然后埋起来。我们营建社区，用捡来的玻璃碎片儿作为自己的货币。绿色和棕色的很普通。紫色的得下功夫找一找，蓝色的更稀罕些，而闪闪的红玻璃则值得你在沙漠烈日下钻到鼠尾草丛中去寻寻觅觅。

可是有一天，当我坐在树屋上时，发现一只白鸟正好栖在我头顶。我从没见过这个品种。我给祖母打了电话，同时继续透过面朝大树的玻璃滑门端详着这只幽灵般的鸟儿。我解释说这神秘来客的大小与体态都类似知更鸟，但不像后者有褐色的背、黑色的脑袋及红色的胸脯。她仔细地听着。我俩手里都拿着图鉴。“可能是白化病变种，”她说，“缺乏天然色素，连眼睛都无色。”正是“白化病”一词触动了我，她倒不如说“是来自灵境的”。

确实就是知更鸟，最常见的品种，只是脱去了常规的外衣，除红眼睛外通体纯白。我一时兴起，把她称作“圣灵”。

当我作为一个八岁的观鸟爱好者向奥杜邦本地分会报告这一发现时，负责人称由于我的年龄，他不能将其认定为“可信的目击”。祖母只得摇摇头说：“你知道你看见了就行了。鸟儿不需要被认定，你也不需要。”

十三

需要凭借什么才能发声呢？愤怒、勇气、爱。有要说的话；有可以倾听你的人；有诉说的对象。我在日志的私密空间里自言自语了很多年。能让我有宗教般热忱的，只有记日志和节育。我的第一个日记本是淡蓝色皮革面子包金边的，配有锁和钥匙，弟弟们都无法窥得我的心思和秘密。那是曾祖父即奶奶的父亲劳伦斯·布莱克特在我八岁生日进摩门教堂施洗时送给我的。

日记与日志在期待上是不同的。日记得每天记。这我做不到。我差不多立刻就将自己的日记转为了日志，我可以随心所欲地在里面书写。我尤其还记得其中一篇，因为是用代码写的：

决定……

　决定……

　　决定……

我们终于去了杰克逊霍尔。

这传递出降临于我的失望情绪，之后是决然。近五十年后我还能唤起这个段落的回忆，那是因为在当时我进退两难。我有没有在纸页上袒露真言，抑或于字里行间掩饰只有自己才懂的情感呢？这需要技巧。我会保护自己以及我所热爱的一切，不离不弃。我不想批评父亲。

我不想抱怨（这在我们家里是不允许的），可我想对自己的受挫感有个说法。我诉诸风格、象征以及速记。我很早就学会了如何遮掩自己的写作，假如有人开锁读到我的文字的话。

我想说的是，在我家里，工作是第一位的。我们永远无法确认是不是会去度假，除非下一分钟真的已经坐在车里了。能够确定的就是不确定性。一切都取决于坦佩斯特公司的状态，一家经营输油管的家族企业。公司需要爸爸，我们就待在家里。他脱身了，我们就上路。父母卧室的门时常也关不住他们之间的紧张谈判。母亲一个人开车带我们吗？爸爸随后跟来？或是再等一天他们一块儿动身，让舅舅、舅妈和表亲们带上我和弟弟们先走。

我很沮丧。我们等了一整天。最终有了决定。是的，我们终于要去提顿山了。我把自己的埋怨都记下来了。

"那么日记里都是些什么呢？"

"不是日记。"

"不管叫什么。"

"归于一点，就是混沌。"

——多丽丝·莱辛

《金色笔记》（*The Golden Notebook*）

摩门教的女性喜欢写东西。我们本职如此，为后代记录生活的日常。记日志就是保留记录。而我有好几百本呢，几百本塞满了羽毛、花朵、照片及文字的日志。没上锁，摊在我的书架上。我还有不少属于实地记录的日志，从北冰洋到非洲，既流连豪宅会所，又混迹于土拨鼠群落之中。记载日程、购物单、账目的册簿在家里到处都是。我不握笔就无法思考。事情若是不记下就不存在。

母亲懂得我这一点。她也懂得摩门教鼓励写作的传统乃至对此知根知底。我们的传家宝里有很多先祖精美绝伦的日志,尤其为一夫多妻制时代的妇人所作,母女代代相传。让我个人感到骄傲的是曾祖母写下的一段,她斥责丈夫纳第三个妻子,指她“是个漂亮而娇弱的小女子,不能下地荷锄,搬不动一棵甜菜,徒增家务负担……只纳闷最初为何要领她进家门”。

母亲是一个注重隐私的女子,但并不沉默寡言。她常说:“我不喜欢人家知道我的想法。”她是郊狼,是魔术师,抬手间便把别人对她的兴趣转到了他人身上。母亲在场时,你可以得到聆听。不过,当她离去时,她对你的了解远比你对她的了解多。她就喜欢这样。她在公共场合温润雅致,但对自己的隐私却管控得滴水不漏。什么是亲昵,由她说了算。

当母亲真准备与最亲近的人分享时,则分享得无比深沉,目光似乎洞穿一切。“你怎么看?”她会问。她留给我的这样一个谜,确也合情合理。

我母亲的日志是挑衅行动。

我母亲的日志是攻击行动。

我母亲的日志是谦逊行为。

有人读。有人听。有人看。我希望自己写的有人读，希望有人听见。我不希望有人看见。写作是需要自负的，要相信自己说出来的话并非无足轻重。写作还要有强烈的好奇心，引导你去揭示，去发现是什么在噬咬你的肌骨。词语是有分量的。如何选择表现，向谁表现，关乎语句的风格与斟酌。然而母亲空空如也的日志承载着的则是疑问的分量，很多的疑问。

我母亲的日志是一种讯问。

十四

母亲和奶奶正坐在客厅里，就神学进行着一场冗长而激烈的讨论。我听着。她们谈的是妇女能否履行神职，在上帝面前与男人平起平坐。奶奶称，摩门教的权力结构绝不会允许女性同权，因其教义的内核便是让女人臣服。

母亲说：“男人可以从事神职。谁稀罕呢？女人有自己的权力，而且也不需要法律承认。”母亲信仰基督，表达了对《福音书》的热爱，以及她是如何作为一个有力量的女人 / 母亲坦然端坐于教堂的。

奶奶则步步为营，说十二信徒都是“老色鬼”，却又害怕男女之事，因而总是纠缠于此。她甚而称摩门教为“邪魔”，说他们傲慢无礼，自以为是。在那时，在 1978 年之前，非裔美国人也不能任神职，他们的黑皮肤证明了与该隐牵连在一起的罪孽，即杀害了胞弟亚伯。

“既搞性别歧视，又有种族歧视，你怎么看？”奶奶问。

“这都是人的偏见，不是神的。摩门的神微不足道。”接着她引用约瑟夫·坎贝尔说，“我相信神外有神。”

我感觉在观看一场网球赛，球员你来我往，身手不相上下。

“你在抚养孩子的那个时候肯定不是这么想的。”母亲说。

“没错，”奶奶说，“可那是四十多年前了。希望我已经从一个三十五岁的女人转变为现在七十岁的样子。”她看看母亲。“世界在变，黛安。我们生活在历史转型期。教会一定得变，因为教会里的女人正在变。”

母亲站起身：“有些真理是亘古不变的。”她走出门时又道：“凯瑟琳，我不希望再让我的孩子们听见关于教会的负面议论。”

母亲走了，我留下来过夜。奶奶和我坐在前廊里，此时她转过身捡起园艺剪子若无其事地说：“黛安准备退出教会了。”奶奶弯腰进了花园，剪下一束香水月季，略有粉红晕的淡黄色。“插在花瓶里好吗，亲爱的？”

十五

谈话是变化的载体。我们测试自己的思想。我们听见自己的声音与别人的相谐一致，而在停顿倾听之际，思想又行进到了新的疆域。良好的争论就是讨论，能够给我们自由。词语如受惊的鸟儿从我们口中飞逸出来，一旦脱口或就再也收不回了。若真复返，这些鸟儿般的词语定是择好了栖息的家园，并沉静为诗的艺术。我家族里的女性并不总是观点一致，不过正有了她们的陪伴，我才感到安全而富有灵感。

何谓“真理即在预演之中”的鸟鸣呢？

十六

初潮来时，我从学校给母亲打电话，那时上八年级。

“就在身上呢。”我说。

“我马上过去。”她答道。

一到家，她就给我泡了个漂着玫瑰花瓣的热水澡。

十七

我是我的母亲，但我不是。

我是我的祖母，但我不是。

我是我的曾祖母，但我不是。

那时我家有四代女性同堂：外曾祖母维拉蒂·李·罗姆尼，外祖母莱蒂·罗姆尼·迪克逊，母亲黛安·迪克逊·坦佩斯特，还有我。

我在一次摩门教区大会的场合把这些说了出来。我明白自己的能说会道与我的先祖辈女性有着直接关系，而且会将这优点传承下去。

那天是1971年12月12日，家周围的天气阴晴不定。母亲刚被查出恶性乳腺肿瘤，已扩散到了淋巴结，预后不容乐观。医生架不住问，告诉她运气好的话或许还有“两年”。她那时三十八岁，是四个不到十五岁的孩子的母亲。父亲埋头工作，如同走进了沙漠风暴，藏身于移动的沙丘之中，目不视物。

我看着母亲退却。我看着母亲变得坚硬如铁。她在为自己寻找一种不同的声音，这需要一套不同的语汇，能够容纳她自己的而不是我们的需要，不仅为了治疗，还为了生存。我看着她躺在格子布椅子上，手不释卷，同时伸出腿放在搁脚凳上。身边有一罐加冰的健怡可乐，一片青柠及吸管。

她酷爱女性传记：歌莉娅 · 温德比的《女人对女人》（*Woman to Woman*）。母亲感动于作者对衾被的迷恋，她自己也有这么一床四四方方的被子，是她的一个朋友缝的，镶了边，挂在卧室里，早晨第一眼就能看见。我问她为何如此看重，她说：“这代表了女人是怎么从给她们的残羹冷炙里拼合起自己的生活的。”

丘吉尔是母亲的英雄，她对他的演讲痴迷不已。1952年，母亲和女伴乘坐“玛丽女王号”横渡大西洋去欧洲旅行，排在其清单首位的便是去议会听温斯顿 · 丘吉尔的演讲。

她真去了，而且去了两次。母亲体现了他的名言：“我们靠获得来谋取生活，但我们靠给予去创造生命。”

母亲尊崇摩门诗人卡萝尔·林恩，一位进步的思想家，且在创作时并不脱离母亲的身份。《初始》（*Beginnings*）已经成为将教义延伸至精神解放的样板之作。以下诗句引自《我的季节》：

而所有你那些
缺乏信仰的怀疑
也无法摧毁
我心中
冉冉升起的春天。

她还在犹他大学修了女性主义理论课，在课堂上如饥似渴地学习安妮·克罗德尼的《地势：美国生活和书信中作为体验与历史的隐喻》（*The Lay of the Land: Metaphor as Experience and History in American Life and Letters*），同时还读了苏珊·格里芬的《女性与自然》（*Woman and Nature*）。她画下了这个段落：“我们走进崭新的空间……那里随处可见母亲的身影，所有人都成了女儿…… 她所主宰的地方……她对拥有空间的感觉。她所填注的空间。环绕这虚空的运动……”

我母亲的日志是环绕虚空的运动。

之后，母亲在“我们是无序的。”下面画了线。这句话写在标题“我们的寂静背后有什么”之下。

但她也不免俗，好莱坞的一切她都很热衷：从《故事片》（*Photoplay*）及《银幕》（*Silver Screen*）这样的电影杂志，到杰奎琳·苏珊的《娃娃谷》（*Valley of the Dolls*），这本 1966 年的畅销书讲述了蹿红又盛极而衰的女性的起起伏伏。八卦新闻很对她胃口。她是我知道的最深刻的女人之一，也是最肤浅的一个。那本小说的书脊成了我们家的一道风景线。

作为她的女儿，我尝试着寻找自己的处世之道。那是美国社会风起云涌的时代，民权、妇女权益以及环境运动都在代际分裂纷争的语境中竞相发声。越战对我的意义便是腕戴POW/MIA[1]纪念银镯，上面刻有“小罗伯特·威利特”字样。我的这位战士始终未能找到。后来得知威利特上尉来自蒙大拿州的大瀑布城，结婚六个月就上了战场。他是一名飞行员。1969年4月17日，他的“F100超级佩刀”战机在老挝被击落。他仍属“战斗失踪人员”，与另外六百名在老挝失踪的美国军人一样生死不明。

困惑如水一般渗透每一道文化间隙。我高中逃过一天学，去犹他大学看了《粉红火烈鸟》（*Pink Flamingos*）。我原以为是关于禽类的纪录片呢。谁也没告诉我它讲述的是一个叫“圣女”的变装同性恋移居到爱达荷州博伊西的故事。

我惊得想逃却不能动弹，目睹着一切禁忌都被斧子劈得粉碎。鲜血、污秽、屎尿，还有“圣女”把从食杂店偷来的生肉塞在两腿之间，这些画面就这么突兀地呈现在我眼前。我一言不发地回到家，双眼大睁。

母亲的去世会让一个人的视角锐利起来。我无法奢望像其他朋友那样与母亲争执，对于足球赛和俱乐部的活动

① POW/MIA：分别指PRISON OF WAR（战俘）和MISSING IN ACTION（战斗中的失踪人员）。

也没多少容忍度，可偏偏我还是“学前俱乐部”的主席。我想辞掉。我自身发生着分裂。最重要的还是与家人在一起的时光，在大自然里的时光，与自己独处的时光。

牺牲了益友，换来的是好书。书籍成为我的道德基础，我以此为径，寻求一种能给我慰藉的哲学，那是教会所不能给予的。我把赫尔曼·黑塞的《悉达多》（*Siddhartha*）奉为圣典。我可以坐在家附近的溪边，琢磨着这些文字：

蓝即是蓝，河便是河。假如在蓝色，在河流，在悉达多，亦有独圣藏身其中，那便是神性的方式和目的。此处既黄又蓝，彼处亦天空亦森林，还有悉达多。这种目的性和基本属性并非躲在事物背后，而是存于其间，存于万物。

在我呼之欲出的声音的核心，是这样一种笃信：自然掌握着达成和谐与统一的秘密，并非在我们之外的什么地方，而是在我们内心，难分彼此。格雷戈尔·萨姆沙变形为甲虫的故事让我相信，我有朝一日醒来也会变的。卡夫卡的《变形记》算是一种创造性的非虚构文学。字里行间的诡异——“格雷戈尔·萨姆沙一天早晨从梦魇中醒来，发现床上的自己变成了一只大甲虫”不仅不算离奇，还深合我意。自 1973 年，我便把这个句子铭记于心：“此刻他得不惜一切代价留住意识，就在此时此刻……”

我们的父母从不循规蹈矩。曾有一个季度，我们就在家自学，那是在夏威夷，在普克珠贝项链和流苏手镯最时兴的时候。我们在哈娜雷伊的露营地，正是“喷吐龙”[①]住的地方。嬉皮士在我们看来都是司空见惯的。摩门教徒之中有个笑话，我们讲起来总是乐不可支：“要是把致幻药和摩门教徒混合一下，能得到什么？”回答：“摩幻大司”。[②]

20 世纪 60 年代，野风吹扫的海滩一片圣洁，极少有人工开发的痕迹。

背包远足时，周日与周一就没有了任何区别。我们一家行走在纳帕利海滩上，走在考艾岛上，经过一个又一个天体海滩，那儿还有草木繁盛的褶皱悬崖，凌驾于拍岸的惊涛之上。此时，我和弟弟们看着父母流露出深深的艳羡。

---

① “喷吐龙”：Puff the Magic Dragon，动画片角色，亦成为美国六七十年代“反文化运动”或“嬉皮士运动”的象征，因为“puff”一词多指抽大麻时喷云吐雾的形象。

② “致幻药”原文为 LSD，是一种高强度致幻药物，全名为 Lysergic Diethylamide。LDS 则是“后期圣徒”（Latter Day Saint），实为摩门教徒。“摩幻大司”原文为 High Priest，其中 High（高等）为双关语，可指嗑药之后的迷狂状态。

责任是一件他们无法脱去的衣衫。

我面对站在讲道台后面的教友，宣示着自己的历史和主权。即便在这一刻，我也明白自己突破了禁忌。我不可能道出个中真正的缘由，但我很清楚，我们都必须遵守从过去沿革下来的一套牢不可破的模式。尽管我们摩门教的历史并不长，可是宗教的历史植根在了个人历史中，于约瑟夫·史密斯[①]尤其如此。他对真理的渴求独树一帜。假如创造性的适应与我们自身灵魂的前行不值一书，那又有什么能称作进化呢？

我并非通过吸食大麻或酗酒滥饮来表现叛逆，我只是在测试思想。我用声音尝试，在一种真理已被规约的氛围中，我能说什么，还能听到什么。

当我说“我是我的母亲，但我不是”时，我其实是说我有属于自己的道路。

真正读懂我的是外祖母莱蒂。她在私下里向我讲了她自己和我祖父的一个故事。“我不知道有没有说过这件事，亲爱的，就是赞克飞回波士顿去打戴维斯杯网球赛。我开车送他去机场。那是一个大清早，我还穿着睡衣。那时候

① 约瑟夫·史密斯：Joseph Smith（1805—1844），摩门教创始人。

还很少坐飞机，他着实有些害怕。现在想来还是很高兴，他要的是我陪着他，而不只是安慰一下，而到了最后一刻，他提着行李站在入口踌躇着，然后说道：‘莱蒂，跟我走吧。’而我真的跟他走了。我迅速买了一根小小的珠串印第安腰带，背面有‘犹他’的字样。我用腰带束了睡衣便和他一块儿登机而去，尽情风流快活了一场。”她停了停又苦笑道，“妈妈一直不知道这件事，爸爸知道了也绝不会赞成。可是我也从不会忘记自己的出身教养。”

十八

正值冬季。乌鸦站在一堆骨头上——白纸黑字，像是要把一种思想剔干净。这就是我每次坐下来写作时做的事情。还有什么其他办法能满足我们的癖好呢？是癖好在滋养我们吗？抑或我们只是在搜肠刮肚寻找一个闪光的形象来据实以告：是什么在追逐着我们？

“写作，”玛格丽特·杜拉斯说，“也意味着不说话。保持沉默。无声地长啸。”

今天下了一地的新雪——没有乌鸦光顾，只一派风雪劲吹后的质朴与素净。此情形仿佛我有心要追随母亲的踪影却又不愿意付出，而后她也以沉默掩盖了足迹。

我母亲博览群书。她把所有的日志都留给了我，所有的日志皆为空白。我相信她是希望我读的。我现在怎么读呢？

我害怕沉默。沉默辟出了通往安宁的通道，可要历经痛苦、心乱意狂的煎熬，然后才能静止下来。

十九

恐惧喜欢吵闹和喧嚣的陪伴，以吓退魔鬼。

——C.G. 荣格

我害怕沉默，因为它把我引向了自我，一个我未必愿意面对的自我。它要求我倾听。而在听的时候，我被带往了未知之处。沉默将我独自留在一个有感知的地方，可不一定是感知抚慰的地方。

罗马神话中的沉默女神安格罗娜将手指放在唇边，同时采用了一个既痛苦又安宁的站姿。我母亲很了解自己，并把自己的沉默存作财富。是她的，为她独有。她无须为之书写。

我必须写。

1952年8月29日，周五，一位名叫大卫·都铎的钢琴家登上了纽约伍德斯托克的马沃里克音乐厅的舞台。他在钢琴凳上坐下来，将黑色琴盖掩住如象牙般雪白的琴键，并"咔嗒"一声按动了手里的秒表。此间，都铎翻动着沉默的乐谱。他两度在乐章间歇时起身开合琴盖。四分三十三秒后，钢琴家起立接受欢呼。观众震惊了。这是约翰·凯奇的杰作。

"他们不知道如何倾听，他们所认为的沉默，其实充满了偶然之声。"约翰·凯奇回忆了在卡茨基尔首演的情形，如今人们称之为《4'33》。"演奏第一乐章时，能听见外面起风了。第二乐章时雨点打在屋檐上。到了第三乐章，听众或聊天或走动，自己鸣奏起来。"

沉默引入到一个崇尚噪声的社会，如同月光揭开了夜幕。藏于黑暗之后的是我们的恐惧。我们的声音蛰伏在沉默里。两者都要求我们必须安静；必须留心，留心各种声音；必须眼观六路，耳听八方。约翰·凯奇将听的行为视作创造之举。

他虚拟了"一位不气馁的老师"与"一个不开窍的学生"

间的对话。“这并不是有没有话说的问题，”他在其中答道，“相关的行为，就是一出大戏。”

《4’33》就是一出大戏。

我母亲的日志都是戏。

约翰·凯奇的《寂静协奏曲》被当作另一起丑闻所引发的丑闻。胆量是能激发胆量的，特别是在艺术界。1951年，美国画家罗伯特·劳森伯格创作了《白色绘画》（*White Paintings*）。作于画布上的七板块油画，规格为72英寸×125英寸[①]× 1.5英寸，表现了对空白的探索。1953年10月在斯特布尔美术馆初展时，该作品震惊了艺术界，无人喝彩，最多只是：“这什么意思嘛？”

“这一组特别的作品，”劳森伯格说，“总归是种种怪异的象征。它们与那个时代的艺术界格格不入。我这么做是想看看能把这样的目标推多远，至今仍是有意义的。它们的个体独特性中有一种内置的勇气。这一集合中的大多数作品都把我吓坏了，而且不停地让我感到恐惧。”

① 1英寸约为0.025米。

与此同时，约翰·凯奇正深入禅宗的世界。他在瓦萨学院演讲道：“应有无声之曲。一个人可以想象出这个自由呼吸的空间。”他在后来的访谈中说：“……最终给我勇气的是见到了罗伯特·劳森伯格的《白色绘画》，我立刻做出了响应。”作曲家将这些《白色绘画》视为“光与影的着陆带”。劳森伯格做出来的是近似于寂静的东西。

然而，劳森伯格并不是在白色的力量与多样化上做试验的第一位画家。俄罗斯画家卡济米尔·马列维奇画过一个大大的非对称白色四方形，斜嵌在一个更大的白色方形之内，并命名为《白上之白》（*White on White*）。他用一个有形的词“至上主义”（suprematism）来称呼这种对绘画的背离。他的白色四方形作于1918年，即俄国十月革命后一年。

“白色是能量——推动力——是问题也是答案——是其精神的全部。”理查德·波塞-达特写道，“白色是你要不断返回之处。”

瓦西里·康定斯基称白色为“沉默之和谐”。

假如约翰·凯奇和罗伯特·劳森伯格是概念艺术家，那或许我母亲也可以算一个。她的“空白”日志是不是一个私下里给文化期望泼冷水的女人的离经叛道之举呢？

母亲是在模拟女子日志吗？我们把时间浪费在书写上而不是好好地生活？为什么在我们可以活在当下的时候还去眷顾书页呢？

是对唯我论（solipsism）的断然拒斥吗？是她在呼吁投身世界而非自我吗？

我母亲的日志是一种忤逆。

我母亲的日志是有关白色的丑闻。

我母亲的日志是一种“沉默之和谐”。

我想到了沙漠。正午时分，沙漠辐射出白色。如果有什么地方是静默无声的，那就是这里了。沉默——那是你正听到的时刻。我感到它为一种振动，而不仅是声音的缺失。可是，如凯奇所揭示的：“不存在什么空的空间或空的时间。事实上，就算我们想制造沉默，我们都办不到。”

永远都有可看、可听之物。我们四周总有声响环绕，即使在寂静之中，尤其在寂静之中：风吹、鸟鸣、虫吟。也许凯奇所尊崇的沉默便是我们在自然界中追求的那种静止，脱胎于孤寂，而正于此，我们倾听的能力反倒因可以拥抱宁静而提升。

在沙漠中，我时常低语。刺柏是绝好的共鸣板。它们由风所塑形。岩石似并不为我的言说所动，只是当我向其絮叨时,它们摸上去有很多可渗透的气孔,能吸收我的言语，并融入其走向支离破碎的漫长进程之中。

我母亲的日志能吸收我的言语。

再回到约翰·凯奇。二战期间，他追寻着较为柔和的曲调。“理性与情感参半，当战争来临时，我只想用安静的声响。社会上任何宏大的结构里，似乎都缺乏真理，缺乏善。然而安静的声响如同寂寞，或爱情，或友情。”

如今，当我们本国连年征战时，我们是能感同身受的。我们卷入了两场战争，规模浩大，劳民伤财。在战争喧嚣中唯一安静的，是蒙蔽于阿富汗和伊拉克不能昭示世人的种种纷争，那只有浴血战火的人自己才知道。这是我们的国家级谎言，即这些战争总归是置身我们事外的。美国的“反恐战争”使我们噤言，使我们沦为牺牲者，我们不但害怕说，更害怕大声说出来。战争时期，我们可以用自己的声音支持遭受痛苦的人们。战争时期，生存取决于去倾听那样的苦痛。凯奇懂得，出乎意料的深入倾听之举能够创生出变革的空间，以打破人们的自得与绝望。他勇敢地运用沉默来作为一种刻意的沉静，使其渗透我们的想象之中。“唯其如此，我们才能够回答以下的问题。”他说，“我们该怎么办？”

二十

奶奶觉得她变聋之前先会瞎，于是我们就成了她的“声学工程”。这是从我们躺在她客厅里开始的。很典型的场景是：我们穿了睡衣，准备舒舒服服地在奶奶家过夜，这时她邀请我们“伸展四肢”。弟弟斯蒂夫和我各找一张躺椅睡下。奶奶关灯点上蜡烛，吩咐我们闭眼。“我们要学学鸟的歌声。”她说。

我们被带进了《吸汁啄木鸟林之夜》（*An Evening in Sapsucker Woods*），那是1958年康奈尔鸟类学实验室首批完整录制的鸟鸣歌之一。在接下来的一个小时里，我们听着采自纽约州北部的鸟类大合唱。我们辨认出熟悉的隐居鸫，其清越悠扬的颤音回荡在白桦及松林构筑的大教堂中。我们听得出北美歌雀“皮博迪，皮博迪，皮博迪”似的鸣啭。

我们也对深蓝色林莺及沼泽带鹀之类的陌生品种很着迷，而有的简直令人怀疑是不是鸟叫，例如林鸮会像牛蛙那样嘶吼。

终于，我们不再追究鸟儿的名字，只沉浸在声音的幻想中。我们睡着了。我们学习了夜晚应该学习的东西。第二天早上我们姐弟在客厅醒来时，身上盖着毯子。

奶奶后来找来了一台叫作“声响识别器”的手提设备，是奥杜邦协会设计的。将某种鸟类的声卡插进去，按下播放键，就立刻放出这种鸟的叫声。我们把它带到野地里，引来很多鸟儿的呼应。黑冕山雀总是随叫随到，只消几分钟便会有五六只好奇的小家伙“啾啾啾啾”地围拢来，其他鸟类则更谨慎些。不过只要有耐心，还是能聆听到猫雀及金翅雀的响应。我们列了张鸟鸣清单，不仅有从播放机听到的，还有天然回应的。

我的朋友大卫·罗森伯格算是与鸟为伍了。他在匹兹堡的“国鸟园”和一只白冠噪鹛同台演奏爵士乐。他们即兴发挥作曲，相互倾听和提示，由此创作出了很多即兴重复段。对于大卫而言这并不稀奇。他在澳大利亚与琴鸟联袂演出，在世界各地都不乏羽翅乐友。

他讲述了另一位单簧管手亨利·阿寇卡的故事。二战时他被德军俘虏并送往战俘营，一起被抓的还有法国作曲家奥利维埃·梅西安。被俘之前，梅西安经常在战壕放哨时，于黎明来临之际冒着生命危险倾听鸟儿的鸣唱。从少年时代起，梅西安就一直在将鸟鸣作为音符记录下来，尽管他没能谱写成曲子。现在时机来了。狱友中搞音乐的大有人在，包括大提琴手和小提琴手。

深陷囹圄的梅西安于是着手创作最具灵性的室内乐作品之一《时间终结四重奏》（*Quartet for the End of Time*）。

罗森伯格在他那本令人心旷神怡的书《鸟儿为何歌唱》（*Why Birds Sing*）中继续讲故事：

战俘营中有个德国军官卡尔－阿尔伯特·布吕尔听闻梅西安的才赋，便保证向他供应乐谱纸……红十字会送来了几件乐器，尽管这里除了30000囚徒外只有几把大提琴、小提琴和一架钢琴。阿寇卡总算保住了自己的单簧管。梅西安坚持不懈地努力着……在第一乐章，单簧管和小提琴拟奏出画眉和夜莺的歌声，而第三乐章单簧管的独奏则试图以音乐的表现力，将鸟儿那种欲罢不能的心气儿与漫长、黑暗而沉重的永恒联系起来。

梅西安在创作笔记中写道："鸟便是时间的对立面。它们代表了我们对光明、星辰、彩虹及欢歌的热望。"……作品于1941年1月15日在战俘营首演，就在人类所知的最为恐怖的战争中。

我们生活在对鸟儿的感激之情中。

每只鸟儿的歌声或也因时而变。
每个物种的歌唱或也因地而变。
一首歌或循环往复，或随性而不可捉摸。
曲子越臻化境，越是变化无穷。

这些自创自演的歌手，包括云雀，以自己的曲目独领风骚，且代代相传，因而也成为当地方言的一部分。

——约翰·贝维斯

《跨越音域：鸟语》（*Aaaaw to Zzzzzd: The Words of Birds*）

自孩提时起，我所知道的方言便是西部的西美草地鹨的歌声："盐湖城是个漂亮的小地方。"其他鸟儿都唱不出如此的忠诚。它们就是我们城市的啦啦队，套着黄背心，胸口自信地开着黑色V形领。它们在春日里唧啾不绝的抒情歌，便是划过我们所栖居的草地与山脚的乡音。

多亏了奶奶对耳聋的恐惧，我不仅靠视觉，也靠听觉——尤其靠用心——认识了大部分鸟儿。鸟儿一直是我的指南针。无论我走到哪里，这些羽翼生灵都指引着我，无论是沼泽地里的红翅黑鹂，还是海滩边的北美鹬，抑或盘旋在田野上的茶隼。事实上，鸟儿还为我和我先生牵线。

二十一

通常我在萨姆·威乐书店负责将新书上架，不过那天我偏偏站了柜台，在最前面收银。我的一个朋友携同一位非常英俊的男子走进来，他金发碧眼，古铜色的皮肤，头发乱蓬蓬的，桀骜不驯。我们寒暄了几句，那两人便消失在书堆里。

他们回来时，那个有些野头野脑的男人捧着十几本书。我很惊叹，其中有些是我的最爱：爱德华·阿比的《大漠孤行》（*Desert Solitaire*）、约翰·内哈德特的《黑麋鹿说话了》（*Black Elk Speaks*）、爱德华·克提斯的《北美印第安人画像》（*Portraits from North American Indian Life*）、莱斯利·马蒙·西尔克的《典礼》（*Ceremony*）、约翰·麦克菲的《邂逅大德鲁伊》（*Encounters with the*

Archdruid）以及罗德里克·纳什的《荒野与美国思想》（*Wilderness and the American Mind*）。他也有彼得森的《西部鸟类图鉴》。我在登记每本书的价格时尽量不动声色地仔细听他们交谈。

“我的毕生梦想就是有朝一日收齐彼得森的所有图鉴。”男人激情满满地说。我朋友看了看他说：“这是我听过的最蠢的话了。”

我不假思索地插话道：“我已经收齐了……”

我们四目相对。

“布鲁克·威廉斯。”他说。

1975年6月2日，布鲁克和我在盐湖城的摩门圣殿（Salt Lake Temple）结婚。四周都是镜子，我们各跪于神坛一端，握住手，双方家人围着我们。我凝视着布鲁克的眼睛，他也盯着我。我们身后幻化出未来世界的各种图景，我们也在其中，子孙绕膝，虽然他们并未出生。没有阴影，只有光明，只有通过“时间与永恒”将所爱之人做了耀眼的投射。生儿育女是最大的婚誓。

一年前，我还是提顿科学讲习所的学生。特德·梅杰是主管，魅力非凡，直率坦荡。他也来自摩门教家庭，在盐湖城长大。他和他兄弟杰克都是野地滑雪好手，对犹他州阿尔塔地区闻名的粉末雪非常熟悉。特德二战期间和大卫·布劳尔一同加入了第十山地师，之后在阿拉斯加教生物学。

他和妻子琼曾去怀俄明州的牧场干过一段时间，最终定居在杰克逊，特德重返自己最钟爱的事业：教书。1968年，他和琼在怀俄明的威尔逊开办了一所小型暑期田野学校，支持他的朋友包括生物学家弗兰克·克雷黑德、地质学家大卫·拉夫以及环保主义者马蒂·穆里。这在当时算很激进的机构，并演化为美国首座环境教育中心。我根据犹他奥杜邦协会的通讯申请了提顿山区的一门周末生态学课程，讲课的是犹他大学教育学教授弗罗伦斯·克拉尔。

我驱车前往怀俄明州的杰克逊霍尔，看到犹他州科克维尔郊外的田野上有沙丘鹤在翩翩起舞。我确定这是第一次见到的新气象，便立刻在一间电话亭打给我在犹他大学的鸟类学教授威廉·H. 贝利博士。

“你打电话来真是太好了，特丽。”他温文尔雅地说，“那是鹤的交欢舞，其实差不多跳了九百万年了 。”他顿了顿，“迷人的风情可是丝毫不减。”

特德·梅杰满足了我对自然界的求知欲。他和弗罗·克拉尔建立了一种探索自然的对话。以往见过的那些枯红将朽的美国黑松，如今成为他们所介绍的火灾生态学的一部分：松皮小蠹钻进树的形成层，致其枯死并成为火灾隐患。特德说，林子里烈焰升腾，松果爆开，种子落在焦土上，只为黑松来年的重生。

“黑松果可能连续数年都门户紧闭，只在大火时才爆裂开来。”特德说，“它们被称为晚熟松果。”

作为一个摩门教姑娘，我只听说过“复活”一词。

特德 · 梅杰更加在意问题，而较少在意答案。

我记不得他说过多少次“我不知道”。这倒启发了我。我感到自己参与一种先前未知、相连相接的语言中。我怀着贪婪的好奇心流连忘返。

特德 · 梅杰是我遇见的第一个民主党人，老派进步人士，他对凯萨 · 查韦斯[①]的口号很有共鸣：“在一个残损的人类栖息地中，所有的问题都是融合的。”谈起自然史的时候，我们其实是在谈政治。“需要用教育和法律来保护野生世界。”他常说。对于法律、历史、宗教、种族歧视、

① 凯萨·查韦斯：Cesar Chavez (1927—1993)，美国著名劳工运动领袖。

物种歧视、健康等问题，报国志士都应引以为任。特德是名副其实的爱国者。他对国家的热爱包括了对荒野的爱。

这也是我第一次接触到“生态学”一词。那时我十八岁。

临走时，特德问我能不能带一包东西给他在大学里的一位朋友。他名叫大卫·拉斯金，心理学教授，测谎器研发的主导专家。他给帕蒂·赫斯特做过测试，出版业大亨威廉·赫斯特的这位千金曾遭绑架，并在60年代末加入了巴勒斯坦解放组织。

第二天我敲响了拉斯金博士的门。一位拘谨的黑胡子大叔开了门,似乎很不情愿有人打扰。我赶忙做了自我介绍，告诉他我刚从提顿科学讲习所回来，特德·梅杰让我送来了这个。

“怎么啦？”他问。

我突然哭了。

“太差了？”

“不，太好了。”我说。

“进来吧。”

于是一件传递情谊的差事就变成了长达一个小时的谈话，或者说得更到位些，成了一次治疗。无需测谎器！一个小时临了，大卫·拉斯金向后靠着椅背，叉着双手搁在脑后勺。

“巧了，我们系正好有一个环境研究奖学金项目，今天正好是截止日，而且——正好还没有人申请。”

我用接下来的十五分钟提交申请并得以通过。我们设计了一个暑期项目，这样我就可以重返提顿科学讲习所了。我将对大提顿国家公园的游客行为进行研究。

奖学金价值500美元。拉斯金给大提顿国家公园打了个电话，寥寥数语，园方即同意再付我3美元日薪，于是我返回讲习所，成为那里的第一个实习生。我还被分派了任务，作为博物学者负责带队每周六上午的观鸟漫步活动。

全家出动，驱车把我送到了讲习所，这是坦佩斯特家的典型风格。我将在那里过一个暑假。出乎意料的是特德和我父亲很谈得来。他们都喜欢争辩，都自以为是，都喜爱大山。我母亲施展魅力，总是能将吵嘴的苗头化解于无形，而琼也全看在眼里并心领神会。握手，拥抱，我和兄弟们洒泪告别。母亲赠给我一张带边框的大贴纸，上面印了亨利·戴维·梭罗的名言，还附了张便条：“愿你找寻到自己的瓦尔登湖。”

家人走了，我走进自己的小屋子，收拾李维斯牛仔裤、登山靴、牛仔衬衫，还有一些书，其中就有《瓦尔登湖》。

暑假快结束时，我陪同特德和琼到温德河流域进行为期七天的徒步旅行。我们在提特康姆盆地的高处扎营，怀俄明州的最高点甘内特峰在此处尽收眼底，海拔 13804 英尺[①]。

我们看见一只郊狼在非常接近峰顶的地方轻快地奔上雪原。它停下来，转身坐在雪地上，凝望着风景。我所能感知的人类与其他生命的边界尽皆消融。我们也在分享着风景。

返程驶入学校时，我们看见一只被剥了皮的郊狼，脖子吊在牧场门闩上。特德正开着校车。他停住下了车，用一直系在皮带上的巴克刀割断绳索，接住了狼。我们都下车围着他。

"这里以前是爱尔博牧场，"他说，"有些老一辈的人不喜欢我们干的事情。"

我写信给奶奶讲述了此事。她回信道："我们作为人是循着想象与意志进化的。目睹这么残忍的行为无论有多么艰难，你都得看成是一种途径，去洞察这些屠夫的内心。"

---

① 1 英尺约为 0.305 米。

我思量着动刀剥皮的人，与动刀将狼解下门闩的人，他们都使用了同一种武器，都孔武有力。如果历史能标注，那一刻便是我的时刻。我加入了“郊狼族”。我向攀爬甘内特峰的郊狼以及在爱尔博牧场殉难的郊狼发誓，我不会保持沉默。

我母亲的日志是一种姿态，是誓言。

我遇见了一个叫布鲁克的男人，他理解荒野，我嫁给了他。当我仰头大喊时他能理解。我们犹如混迹名门正派的难民，禁锢的时间长了，这里就成了压抑与约束的无窗之屋。他通过身体的愉悦来言说。我们相遇时他已经登过甘内特峰，夏日里行走于陡峭的峰峦之间，冬季则在深险的雪坡上畅滑。他童年最喜欢的书是《小王子》，最喜欢的句子是：“留意永不能驯服之物。”

二十二

教师的规矩在当时是很严的。我们只能彼此称呼姓，不能喊名。我就是“威廉斯夫人”，即便我才二十一岁。每堂课后，孩子们都得排队，并且必须在临走时和我握手说：“谢谢您的精彩授课，威廉斯夫人。”不论我的课是否值得夸赞。

1976年秋，我受聘于花园小学，任生物教师。那里以思想保守著称，我并不在乎，我只想教书。我会有自己的教室，从一年级教到九年级。每个年级每周来上两次课。

女校长身量颇高，作风严厉，名叫杰弗斯夫人。她和丈夫杰弗斯先生一同创建了盐湖城花园小学。他们是约翰·伯奇协会[1]的忠实分子。着装要求端庄：不准穿露趾鞋，脚趾是丑陋的；裙须过膝；鼓励戴帽子。我那些滑雪帽不算帽子。

拿到这些条令时，我觉得可以接受，还能过得去。布鲁克的母亲罗斯玛丽用印了沼泽风光的花布为我做了条裙子。料子是黄色全棉的，有香蒲和蜻蜓的图案。我很喜欢，就穿着去学校拍照。杰弗斯夫人觉得我的服装会扰人心神。

“最好还是不要用衣装来推广自己的课程吧。”她说。

尽管如此，他们还是给了我教室钥匙，我立即开始装点起来。我买了一个带观察窗的蜂窝，蜜蜂、蜂后应有尽有，蜂后还拥有外通道，它们的群居活动在学生面前一览无余。

我用绿色建筑图纸剪出了“生物学——对生命的研究”的字样。我带来了石块、羽毛和贝壳。书架上摆满了野外图鉴以及关于自然界的各类图书。我在公告板上画了一幅山景图，我想象着孩子们可以自己动手把山画满：本地的鸟儿、哺乳动物、两栖动物、爬行动物、鱼、昆虫和植物。我希望创造一种能激发学生探索“自然”的环境，这让我心潮澎湃。

① 约翰·伯奇协会：John Birch Society，半秘密的激进右翼反共组织。

最后要做的便是在黑板上写："欢迎。我是威廉斯夫人。你们在窗外看到了什么？"我拍拍手，掸了掸粉笔灰，关灯关门。两星期后，学校会重新开课。第二天，布鲁克和我去阿拉斯加度假。

我精神抖擞地从德纳里国家公园返回花园小学，摩拳擦掌地准备给二年级孩子上第一堂课，结果发现我的教室里面已经被拆得七零八落。遭抢劫了？蜜蜂、石块，还有我的贝壳呢？为什么黑板字被擦掉了，剪的字也都不见了踪影？课前三十分钟，我顺着过道走进杰弗斯夫人的办公室。

"进来，"她说，"欢迎回家，威廉斯夫人。我能为你做什么？"

"杰弗斯夫人，糟糕啦，我教室里的东西全没了。"

"最有效的学习需要有清洁的环境，威廉斯夫人。还有什么要谈的吗？"

我很无语。

"杰弗斯先生把那些乱七八糟的东西都拿走了。还有，从今天开始，你绝不能跟我们的学生用'生物学'这个词。"

“什么？”

“‘生物学’这个说法对我们的学生不合适。”

“我还以为受聘来就是教这个的？”

杰弗斯夫人站起身，将棕色羊毛裙拉直，从大书桌转出来：“科学，威廉斯夫人。聘你来是教科学的。‘生物学’这个词表示性交生殖，这在花园小学绝对不行。”她的视线越过我肩膀，“想必你有一班子学生正等着呢。”

我在盐湖城花园小学教书的第一天就是这么开始的。

因为我爱上了孩子，所以我要学会如何与杰弗斯夫妇的冥顽不化周旋。其实我很佩服杰弗斯夫人的授课本事，尤其是阅读与文学，我是必须要去听的。学生们对她讲故事的天赋也很着迷。她喜欢古典作品，并且相信学生需要大声朗读。杰弗斯夫人让学生们自己设想情节，预测作者会将他们引向何处。哈克贝利·费恩和他的朋友吉姆乘着自制的筏子顺密西西比河而下，也可以划向大盐湖。

在和九年级学生讨论莎剧《裘利斯·恺撒》（*Julius Caesar*）时，他们会一起思索恺撒是怎么把罗马共和国变成了罗马帝国，然后便是一场关于领导权的对话。

文学就是生命，阅读成为通往熟知世界以外的一扇门。

学生对她爱畏交加。我始终不能完全理解她教书育人的深度。有一回，我教的某个班完全失控，我走出教室带上门，脑袋靠着门哭起来。杰弗斯夫人正好路过。

“出问题了，威廉斯夫人？”

“没有，杰弗斯夫人。”

“只管记住，你的教室就是你的镜子。”她说完继续风风火火地走向自己的办公室。

那时正值上世纪70年代“护鲸”运动的高潮，我也和别人一样牵挂着鲸的不幸。我读了琼·麦金泰尔的《水中精灵：礼赞鲸与海豚的意识》（*Mind in the Waters: A Book to Celebrate the Consciousness of Whales and Dolphins*），由塞拉俱乐部1975年出版，正是布鲁克和我结婚的那年。

奶奶带我参加过加利福尼亚海岸外的观鲸活动。我们可以直击灰鲸，看它们破浪而出，落下时尾鳍拍击海面，将咸咸的海水溅到近在咫尺的我们的嘴唇上。奶奶说起大苏尔（Big Sur）一处叫伊莎兰的地方，那里在做种际间的交流，包括女人与海豚的真实性交。凡事皆有可能。我脖子上挂了个穿着皮绳的灰鲸银坠子，那不只是个徽标，那是宗教。

我的一年级学生也热爱着鲸。我把高大的窗户蒙上蓝纸，将桌椅一股脑儿推到一边，关掉灯。

我打开唱机，播放罗杰·佩恩的唱片《座头鲸之歌》（*Songs of the Humpback Whale*）。

我们讨论鲸如何受到人类的威胁，甚至在茫茫大海中相互寻觅都已困难。我请孩子们躺在地板上，闭目倾听座头鲸那充满魅惑、深沉洪亮的叫声。孩子们欣喜若狂地绕着屋子游动起来，想象着鲸的样子，甚至变身为鲸的情形。我也调高音量加入了他们。

突然门户大开，灯也亮起来，鲸的歌声戛然而止，只听得唱针刮擦唱片的声音。

“搞什么？”杰弗斯夫人问。

“我们是鲸，在找配偶……”一个一年级学生嚷道，并跪着伸直了身子。

记忆中，怒气冲冲的校长把我带出了教室。我想她还不至于拧着我的耳朵，但也说不定呢。

我被立即押往她的办公室。她用对讲机唤来杰弗斯先生。我坐着。她也坐着，手指敲着包覆办公桌、印有烫金字纹的棕色皮垫。杰弗斯先生一路小跑进了办公室，他那双舒适的鞋从不在亮闪闪的地板上发出声响。

“来了，杰弗斯夫人。”

杰弗斯夫人讲述自己见到的骇人场面，讲述自己如何听到“威廉斯夫人教室传出的恐怖声音”。足足有六英尺四英寸高的他看起来比她更震惊。他们退到一个小凹室里耳语起来。

他们返回时便开审了。

“威廉斯夫人，我们要向你提出一个问题，你得在回答之前想好了。”

沉默良久。

“你是环保分子吗？”杰弗斯夫人问，同时两人都盯着我。

“是的。”我说。

“果然不出所料！”杰弗斯说。

“你和威廉斯先生去阿拉斯加还不带枪，当时我们就起疑了。”杰弗斯夫人说。

“你知道魔鬼就是一个环保分子吗？”杰弗斯先生倾身对我说。

“不，我不知道。”我答道。

于是我被解聘了。

我起身离开时，杰弗斯先生转向杰弗斯夫人说：“不过假如威廉斯夫人不再给孩子们上课了，我们怎么跟他们说？”

杰弗斯夫人向窗外望了半天：“你说得有道理。很难解释。他们的确喜欢她。”

然后她看了看我：“威廉斯夫人，我们知道你爱孩子，他们显然也很喜欢你。你让他们在肮脏的地板上游来游去，互相称作鲸，这其中的原因我不想再追究，更不想再看到。”她顿了顿，扫了杰弗斯先生一眼：“我们考虑在这样的前提下重新聘用你：不准再把你的政治观点带进花园小学的教室。孩子们不可以知道你是个……”

“环保分子。”我说。

“没错。”

我也提出了自己的条件：“那我要求您不得擅自走进我的教室。”

我们握了手，我回到空荡荡的教室，遮挡起来的窗户还透着蓝光。

我在花园小学教了五年。我喜爱这里，喜爱孩子们以及我向他们所学到的一切。最终杰弗斯夫人也与我相互敬重。教书帮助我用创造性的转译来找寻自己的声音。挑战在于不能那么咄咄逼人，要把自己的表述编织进引人入胜的故事，来把生态学的大道理输入幼小而生机勃勃的头脑中。我作为教师的职责便是尊重现实，同时又要激发学生的想象力。创造这样一种氛围，使每个孩子都能无拘无束地探索自己提出的问题，而无须害怕责骂，这便是我最大的快乐。

蕾切尔·卡逊写道："假如一个孩子想保留自己与生俱来的好奇心，他就需要至少一位大人的陪伴，与他分享，与他一起重新分享我们所栖居的世界的乐趣、激奋和神秘。"

杰弗斯夫人从未意识到，但我懂得我们对自然所共享的热爱才是最大的政治。找寻自己心声的过程，也是在找寻自己的激情。我在授课中找到了自己的心声。我的课程成为孩子们好奇心的源泉，无论指引到何方，他们都表现出无比的信赖。我们嬉戏。我们做实验。我们描画、书写周围的世界。孩子们把外面的世界带了进来。我们观察螳螂吃掉了她的配偶，在一根棍子上排出卵囊并力竭而死。她的绿色前肢紧抱住她所创造的东西。次年春天，一连串螳螂宝宝从卵囊里冒出来。连杰弗斯夫妇也对 8 号教室里的新生命着了迷。

有一天，九岁的数学天才李·楚格特问他能不能帮我教与宇宙张缩有关的太阳系速率。他看出来我这部分教得很吃力。不知为不知，师之道也。特德·梅杰把我调教得很好。于是一个懂量子物理学但还连蹦跳都不怎么会的孩子，把一个班的同学都带到操场上，将我们按照行星轨迹排列整齐，我在中心当了太阳。一个孩子做水星，绕着我跑得飞快。另一个做金星，还有一个做地球，每个人的位移都依据李在脑子里运算的数字。他给土星多了一项挑战，要她在绕着我跑的同时腰上还转着个呼啦圈。冥王星则一直站到了停车场，而且一点儿不需要挪动。这是一堂我们谁也忘不了的视觉课，每个人都牢记在了心里。李设定好太阳系的运行，自己便躺在草坪上，先蜷成胎儿的身姿，再舒展伸张，然后又蜷缩起来。没有人问他充当了什么或是在干什么，但显然他自己心中有数。

李如今自己创业，办了一家叫“云 10 娱乐”的公司，做起了婚礼主持，白天则是软件工程师。自然而然地行事，我们便能找到心声的基调。

二十三

我二十五岁生日时母亲寄来一张贺卡。封套上写着：“致女儿兼挚友。”内夹一支被压干的野玫瑰，宛如一扇彩绘玻璃窗。

最亲爱的特丽：

记得多年前有人问过我，作为母亲，我最希望给你什么。我记得自己说的完全是感觉我父母所给予我的。我说：“我希望她懂得自己有多么大的价值，也懂得自己是多么被深爱着。”

我希望你懂得，你是如何被我们所深爱并理解的……

谢谢你总是与我分享你的一切。我喜欢这句关于人际关系的引言："人际关系的安全感，并非在于沉浸怀旧之中回首往事，也并非带着些许惶恐或期盼放眼未来，而是活在当下的关系中并欣然接受。"我感到这很好地描述了我们共享的亲情。

特丽，每个女人都得长大——她得独自找寻自己真正的中心。这是个激动人心的过程，你会在下一个二十五年里实现成就与自我成长。如果你内在的一切都走上正轨，那么发生在你身上的一切都不会偏差。

我的在天圣父一定是爱极了我，把你这样一个女儿兼挚友送给我。

谨呈上我所有的爱

妈妈

1980 年 9 月 8 日

我翻来覆去地读着贺卡。她写得一手漂亮的花体字，每个字母都延伸向下一个，雍容而疏密有致。我一直喜爱母亲的笔迹。读起来轻松自如，编排周到且始终如一，如今仍能阅之如饴。有没有什么书法是可以让人振奋的？我感到母亲的字总是朝向正面积极的。

然而，我对25岁的记忆却是负面的。母亲策划了一场生日宴想给我一个惊喜。她告诉我只请了直系亲属来吃蛋糕和冰激凌，也就是双亲、三个兄弟、祖父母和外祖父母以及布鲁克。

奶奶送给我一件海军蓝毛线衫，还配了一条百慕大短裤。这一套不是我的风格，但我想反正是家庭聚会，倒也相当合适。这么说吧，我看起来就像个长裤缩水到膝盖上面的水手。我还穿了件白衬衫，打了红白蓝相间的蝴蝶结，再加上西服外套，可也于事无补。布鲁克毫无怜悯心地取笑我。

“这可不是我的意愿，”我说，“过生日当天第一次（也就这么一次）穿给奶奶看，让她高兴高兴。”

母亲一直对我的郁郁寡欢感到忧虑，觉得我不清楚生活将会把我带向何方。她没有错，我感觉自己就像汉丽埃塔，那是一只我们小时候养在笼子里的金丝雀，她不停地飞向笼栏企图逃走，却总是撕碎扯落自己的黄羽毛。我就把羽毛集成一束，放在小玻璃罐里搁在我红屋子的窗台上，外面有蔚蓝色的天空衬着。我有没有勇气另辟蹊径，与我的教养之路背道而驰，与女性的传统角色决裂呢？当我与其他的年轻夫妇坐在教堂长凳上时，总有幽闭恐惧症的体验，总是需要坐在一排人的最边上。我的思绪游走着。唯一能引起我注意的东西便是钟表。

往事的情形似乎很傻，可在1980年犹他州我居住的社群里，并没有多少可以效仿的楷模。我不知道自己是否有精力再去深造，推迟生养孩子的时间。每每看见初为人母者怀抱婴孩儿时，我就会算一算上次例假的时间。

布鲁克和我走进我父母家。一切都感觉正常、舒适。家人都在，祖父母辈也来了，可是我留意到桌上的蛋糕看起来很大，即使对于巧克力蛋糕而言也不算小了。弟弟斯蒂夫取笑我，说我像“布斯特·布朗”①。奶奶夸我这一套行头很“可心”，然后在十五分钟内来了五十个人祝我“生日快乐”。这可不是什么惊喜，这是羞辱和创伤。

除了穿着水手装示众之外，我还得忍一个晚上的善意绵绵的赠礼及一场要命的幻灯片展示，题为“这是你的生活”，

① 布斯特·布朗：Buster Brown，美国连环画中的一个衣着华丽的儿童。

之后我还不得不挤出几句感谢的话。本来准备提振我精神的计划却使我反胃。我一到家就立刻吐了。

于是有了这个意料之外的生日礼物：在连轴转观看了一大堆我的生活影像后，我烦恼得真掉下了眼泪，并下定了决心，为何不做点惊世骇俗的事情来呢？在杰弗斯夫人宣布推迟过圣诞时，花园学校的教书生涯对我而言已经忍无可忍了。孩子们唱的颂歌达不到她的标准。她把圣诞联欢会推迟到了一月。我申请了研究生课程。生孩子可以等等。我在这个世界里找寻自己心声的愿望却不能等。

二十四

“易女”受孕于太阳，生下了双胞胎“戮怪”和“水童”。我在美国西南部“四角区”[①]游历，在纳瓦霍人的神庙里遇见了这一神族。

地质研究变成了家系故事。“戮怪”在此屠魔以拯救人民，于是熔岩原成了诸魔的凝血。“船岩”[②]变为了“翼岩”，而远不止起了堵塞火山岩浆残余物的作用。对于草兽山川的各异形态，并非只能简单地应之以科学，它们还构成、促成了栖居此处的人们的宇宙观，漫布着灵性。

---

① “四角区”：Four Corners，美国犹他、亚利桑那、新墨西哥及科罗拉多这四个地区的交界处。

② “船岩”：Shiprock，位于新墨西哥州西北角的纳瓦霍人保留地，是荒原上耸立的一座孤立岩石山峰，被纳瓦霍人奉为圣地，有许多传说。“船岩”其实是由火山活动形成的岩柱和岩墙，除了壮观的自然景观，这里也是攀岩爱好者的圣地。

土地。母亲。女神。在一切文化中，凡阴柔之物必发于土地本身。我们称她为夏娃或是伊希斯或是得墨忒耳 。[1] 到了沙漠，她就成了“易女”。她能幻化为风，她的声音像水一样切割着岩石。当她张开双臂，呈上一捧不毛之地里的白贝壳时，便是在提醒我们，曾有干旱之前的时日，远古的海覆没了这里的荒漠。无法将她归类。无法控制她。正是她收集了种子，怀着梦想种在了沙地里，并呼来了雨水。正是她成了月亮的具象，恪守着生命的循环本质。女孩子初潮的庆祝仪式“基纳尔达”上供奉的也是“易女”，她把每个纳瓦霍姑娘送入了青春年华。多么希望在少女时代有人能告诉我，我可以依靠的并非快乐，而是一个“易”字。

迪内人[2]用故事来教导我。当我看见沙漠里盘绕式的编织篮时，它便像蛇一样舒展开。当我发现困在鼠尾草茎秆之间扑动的羽毛时，那焦红的羽轴诉说着鸟儿的英勇，它径直飞向太阳为族人取回火种。而当我目睹山狮畅快如融化的黄油一般横越红色岩崖时，只觉它不是什么猫科动物，而是一种烈药，欲使玉米花粉喷撒之处更加闪耀夺目。

① 伊希斯、德墨忒耳：Isis，Demeter，分别为古埃及和古希腊神话中的丰饶女神。

② 迪内人：Diné，纳瓦霍人（西班牙人对其的称呼）的自称。

想要唤起乡土意识，我们应该讲什么样的故事呢？这个问题萦绕在我心头。多亏了迪内人的慷慨，我知道了我们的心声是如何通过故事而得到了最大限度的增强的。

多年来，我踯躅于沙漠中，寻求着一种并不属于我的叙事。我觉得自己并不属于这里。我只是在借用一种景观，直至找到自己的归宿。可当我不再寻找，安然融入红石沙漠那侵蚀地貌的恬静之中时，我感到自己被一种莫名的辽阔悄然拥起。我脱去衣服，躺在一个干涸的谷地里，任由粉色沙子所吸收的热量透进体内的每个细胞里。我闭上眼，于是自己不过是这个星球上另一个会呼吸的存在。

二十五

“我们为什么在这里？”

“为了把故事说下去。”

“什么故事？”

“就是生命。”

布鲁克和我是在科罗拉多河岸进行这番对话的，我们正在大声朗读理查德·杰弗里的《我心灵的故事》（*The Story of My Heart*），1883年出版的上乘之作。

“赤裸的心灵面对着赤裸的土地……赋予我最深沉的灵魂生命。”

这是我们之间从未间断过的对话。我们如何将声音赋予天地万物呢？

布鲁克和我好事临近。在摩门圣殿举行婚礼的前一天进行的一场个人宣誓仪式，也在圣殿里举行，由我们父母见证。在摩门教的体系里，这被称作“奉所己有”，是很庄严的仪式。

我想分享的则是这番情形：

男女分坐屋子两边。圣殿里的教士发布了圣令，又宣讲起亚当和夏娃的故事。他们挑选了布鲁克和我来代表伊甸园里的第一对情侣。被选出来是很荣幸的，我们站在众人前面，充作亚当和夏娃。夏娃是处女，我也是。在婚礼的前夜，在我听他们读着《圣经》篇章时，只有一个词占据了我的脑海：上床。我脸红了。像我这样十九岁纯洁少女的词汇里不该出现这样的字眼。我的想象力背叛了我，震惊了我，我企图清一清思绪，保持面容的纯净。可是那个词还在不停地推挤着我：上床，上床，一个我从来没有大声说过的词。我脸上的红晕更深了。布鲁克微笑起来，不知道我为什么一直在脸红。

难为情？发烧了？两者都算吧。我依令跟着重复一些字词，可就在这间隙里，那两个字的词又在最神圣的时刻里冒了出来，把我的注意力从亚当和夏娃的联姻引向了那条充满魅惑的蛇。我和布鲁克的手相互握着，我拼命想集中思想。上床，上床，上床。徘徊在圣洁与不敬之间的舞蹈竟变得更加激烈起来。

在这样一个公众时刻，我却在内心里与自己的魔鬼斗争。“太初有道。”[①] 谁也没警告过我，那是什么道。

我的思想就从来没安分过。当我还是个小孩儿的时候，奶奶和我一起听音乐。“放松，只管把脑子清空。”她会这样说道。从来没有实现过。她的要求只会造就一个叛逆的脑袋，很快就又装满了。我觉得正是在倾听她最喜爱的作曲家贝多芬和巴赫——日后也成为我的最爱——的时候，我看清了自己桀骜的想象力。我总是在创造相伴相随的叙事。

当奶奶送我玛丽－路易斯·冯·弗朗兹的书《创世神话》（*Creation Myths*）时，我还没有认识到其颠覆性。我受的教育告诉我，亚当和夏娃的故事就是《圣经》的启蒙读本，讲述了什么是好什么是坏，追求贪欲会有什么后果。违抗上帝就会被逐出伊甸园，“终其余生于悲悔”。我却领略到：夏娃的僭越恰是一种勇敢，带领我们走出花园迈向了荒野。当我们能够为人的时候，谁还想做神呢？完美其实是伪装成控制的一种缺陷。夏娃咬入苹果的瞬间，她睁开双眼，自由了。她揭示了所有女人懂得的真理：发出自主的声音

① “太初有道”：“*In the beginning was the Word*”，语出《圣经·约翰福音》。

是时常需要离叛的。我们只须保证不要离叛自己就行。任何男女，在道出心声时便意味着打破禁忌。面具扯下了。诱惑夏娃食禁果的蛇并不是魔鬼，而是她自己的本真在说话："尊重自己的饥渴，喂饱你自己吧。"

"魔鬼"（devil）反过来拼写便是"活过"（lived）。

阅读改变甚而挽救了我的生活。在正确的时候读到了正确的书，恰恰是恐吓我们的那些书，却似要摧毁对我们的一切说教，其实这些书里满是禁忌的思想。这些书变成了夏娃的苹果。

"通往意识的觉醒与世界的创造同步……创世神话便是所有神话中最深刻最重要的。在很多原始宗教里，对创世神话的讲述实则是启蒙典仪形式下的本质教导。"冯·弗朗兹写道。

我母亲的日志就是创世神话。

我用母亲遗赠的空白页，来书写关于自己声音创造的故事。僭越就是超越。

二十六

当布鲁克第一次看见我脱去衣裳时，我的性爱之花终于绽放。暮色中，他的目光指引着他的手缓缓抚过我的乳房。我们在鸟类保护区，躺在春天的草丛里，反嘴鹬从我们头顶飞过。我们仰面朝天，布鲁克倾身吻我。我们进入自己味觉、触觉与时间的私密地理图景，舌头在肉体上游走，我们书写着情侣间的秘密文字。

居斯塔夫 · 库尔贝画的《世界的起源》（*L'Origine du monde*），挑战着我们明白却选择不显露的事情。那是一幅直露而肉感的人物画，展现一个女人在做爱之后的生殖器官，鼓胀而湿亮；她双腿张开，白色睡袍难掩胸乳；私处公示。库尔贝的个人凝视将不可见之物颂于天下。如今画作藏于巴黎奥赛美术馆，绝不是色情展，而极富有启示性。

有很多年这幅画都挂在雅克·拉康乡下屋舍的一扇木推拉门背后，隐于世间。艺术评论家称之为“一个女人从乳房到大腿的躯干部位全正面下肢伸展图录……库贝尔1866年为一位土耳其外交官所作的全真肖像画。”然而这太像临床医学的措辞了。

当我伫立在她面前时，我看见了自己、母亲和祖母。这位闻名而无名的卧睡女人，由一个男人的手和目光含情脉脉地敞露开的女人，以油画形式体现在一块勉强只有18×21英寸的画布上。我流泪了。我感怀于如此明晰而美丽的画名——《世界的起源》。我们通过女人来到世界上，一个在敬畏之下被耗费、破开的女人。人类的脑袋第一次在此荣光露世，在分开的双腿之间，在光亮的笔触之下，难怪女人自此得到了敬惧和崇拜。

我们是火。我们是水。我们是土地。我们是空气。

我们是一切基本元素。

世上的一切都以肯定开始。

“易女”。我们像月亮一样周而复始。我们无法再否定自己的命运，因为我们总在等候——等候爱，等候说话，等候行动。这不是耐心，是病态。我们肉感，性感，我们在骨子里与天地相连，我们的身体就是一张全息图。我们平抑权力，抛却权力，而这也引发了战争。

澳大利亚诗人朱迪斯·莱特说：“我们的梦是错的梦，我们的力量是错的力量……我们伤痕累累地穿过沙漠的空旷，说我们还是完整一块，那准是假的。”

二十七

我的身体是我的指南针，它不会说谎。作为女人，我们对私生活默不作声，尤其对性。之所以默然，是因为在历史上，说真话的人会遭到欺侮和戕害。婚姻离散、家庭破裂、判决书下达了，女人孑然孤立。我们的故事存在于地下。

穆丽尔·鲁凯泽提出了问题："假如一个女人说出了她生活的实话，会怎样呢？世界会分裂。"

世界正在分裂。

1916年10月16日，玛格丽特·桑格在布鲁克林的布朗斯维尔附近的安博伊大街46号开设了首家生育计划与控制中心。九天之后，警察突袭该中心。玛格丽特·桑格，当代计划生育运动的领袖，在牢房里度过了三十天。她在八十七年的生命中还将入狱七次，就是为了妇女的生育控制权和自己身体的私密权而大声疾呼。

H.G. 威尔斯在 1931 年的玛格丽特 · 桑格纪念餐演说时讲道："她发起的运动将在百年后成为有史以来左右人类在地球上命运的最有影响的事件。"

孩提时，我们有一回去医院看妈妈。大人说她要做"矫治手术"。后来我才明白她决定要做输卵管结扎，这在她同辈人中并不多见。"为自由。"她说。

生育控制赋予我属于自己的声音。这或许是我一生中唯一得完全负责的事情。我从未做过流产手术，但是我很感激可以有这一个选择。当 1973 年具有里程碑意义的罗伊诉韦德案在最高法院庭审胜诉时，我还是海兰中学的一名高中生。这个结果给了我们信心：作为达到性成熟年龄的女子，我们有掌控自己身体的权利。

没有哪个女人心甘情愿终止妊娠。只要感受过生命在体内牵动的女人，都不能否认那种力量。这绝不会是轻率的决定，不会体验不到爱或痛，不会不祈求宽恕。

因为每个女人每月流血之时都明白一件事：我没有怀孕。因为每个女人都懂得，每次在做爱时都可能在创造生命。所以当女人允许男人进入她身体时，那不仅仅是个肉体的动作，而是屈从于这样一种可能：她的生命不再是自己的了。因为她每天都要检查子宫内有没有生命躁动的迹象，直到有了经血。因为在经血来临之前，她要思考自己的生命属于一个人，两个人，还是三个人。因为在经血来临之前，她总想象着苦乐生死的各个可能，想象着自己需要做什么，怎么做。她会有着无尽的烦扰，直到有了经血。

假如男人懂得女人永远难忘的事情，他会以不同的方式去爱她的。

是的，我从没做过流产手术，可是我懂得很多做过这手术的女人那百转回肠的柔情。女人之间的这种共通，远大于我们所愿意承认的。我们潜入了地下。我们避而不谈。我们所经历的堕胎，是我们身份的形成与构成的本质部分，而且有着深浓的私密性。也就是在最近，我才得知三个最要好的闺蜜都做过流产手术。一个我们从没谈起过的话题。其中一位牵涉遗传病；另一位如若不做便会殃及婚姻；还有一个是在上大学时怀孕的，假如生下孩子就会改变她生活的道路。我们做出了选择。在美国，这是我们精神与法律上的权利。我们有权利做出抉择而不需要别人说三道四。

生育并非什么虚无缥缈的事。女人手抚肚腹，思索着应该做的事情，没有比这更实在、更令她清醒的了。总是与爱相连。总是无法举重若轻。对于女人而言，最大的耻辱莫过于让一个男人，尤其是一个我们不认识的男人去诠释支配我们乳与血的规则。

乳与血。

为什么是这两个字？

因为乳汁，如牛乳，如在乳房里，如同精液，如同一切既能生养又能滋养的物质一样，处于愉悦的核心地带。因为我们可以畅饮。我们怀着需求和欲望畅饮着。

因为经期里的血液流淌着，如月相那样循环，意味着我没有怀孕。因为每个女人都懂得，每一次的做爱都可能正在创造生命。因此当女人允许男人进入她时，那不仅仅是个肉体的行为，也是精神的。

乳与血。

因为乳汁是我们最先渴求的。因为血液是流淌于我们跳动的心脏里的。乳与血。男人与女人。愉悦与痛苦。爱之于生命如同生命之于死亡。于是我们不顾一切地相互触摸，以期触摸那不可言知的世界。反复地。再三地。我们毫无控制力地失去了理智，如同迷失于烈火中。

假如男人懂得女人永远难忘的事情，他会以不同的方式去爱她的。

女人永远难忘的事情在于，当她允许一个男人与她做爱时，她便与天使订下了契约，假如在那一刻孕育出了孩子，那么她就拥有了另一个生命。男人来去匆匆，抽身离开。而女人留了下来，仍柔情似水。她想被抱着。她想交谈。她想回味身体内发生的动作，因为做爱也重造了女人——因为她知道那个人就是孩子的父亲，无论她会不会告诉他，直到有了经血。因为他以及她的狂欢现在成了他们共同的狂欢，她的身体也因此得以重塑，直到有了经血。因为，再说一遍，她每天都要检查子宫内有没有生命躁动的迹象，直到有了经血。反反复复地重述：因为在经血来临之前，她要思考自己的生命属于一个人，两个人，还是三个人。因为在经血来临之前，她总想象着苦乐生死的各个可能，想象着自己需要做什么，怎么做。她会有着无尽的烦扰，直到有了经血。

乳与血共生。

二十八

我不想让母亲过来。还没这个计划。我在纽约的美国自然史博物馆实习。我需要过自己的生活，不想受她打扰。可是她一登门，我们就同进同出，一起在公园里絮叨数个小时，像是变成了叽叽咕咕相亲相爱的鸽子。母亲和我不论在何地，只要凑在了一块儿便会相互迁就。

我不想让她走。留下吧。她见证了我之所爱。当我们逛博物馆时，我就让她仰面躺着，看从蓝色天花板悬吊下来的蓝鲸。在现代艺术博物馆，我们坐在莫奈的《睡莲》前面，看着画面颜色随光照的改变而加深。当我们去看莉莉安·海尔曼的名剧、由伊丽莎白·泰勒领衔的《小狐狸》（*The Little Foxes*）时，母亲却坚持要早早退场去萨迪餐厅，因为每场结束后这位她最钟爱的女演员（与她同天生日）

都会去那里吃饭。伊丽莎白 · 泰勒如期从前门步入，披着紫色长袖衣，珠光宝气。母亲等着她。她双腿交叉坐在躺椅上，忸怩间伸长一条腿。伊丽莎白 · 泰勒在母亲脚上绊了一下。

“请原谅。”大明星说。

“没关系——”母亲答道，“今晚您演得精彩极了。”

“谢谢您，您真好。”

我们和名流同席。

回寓所的路上，我们走过五光十色的霓虹灯照耀下的剧场区。挂在大厦之间的满月与推介百老汇新剧的泛光灯连成一片，几乎难分彼此。

“伊丽莎白 · 泰勒和土星的区别是什么？”我问母亲。

“说说看。”她笑道。

“伊丽莎白 · 泰勒的指环[①]更多。”

母亲给我留了一封信和一只漂亮的玻璃球，上面绘着金色波浪线，像绕着玻璃球的水印记。

① ring既有“指环”的意思，也可以指“行星的光环”。

最亲爱的特丽：

今天我走进这家文具店时，你好像就是我看到、触知到的一切。

当我看见这只镇纸时，我知道它和你存在着一种联结。我必须买下来，因为它代表了什么，不过我不知道那究竟是什么。

后来下午我们坐在美术馆看莫奈的画《睡莲》，我才知道礼物的奥秘。

玻璃球的中央正是红百合叶子，那就是你，你周围的空间都是美丽的波涛——绝不要让任何人侵入你那方天地，特丽。那是你的创造力。

假如你保持自己居于中心，那么你生活里的一切都会平衡有致。

谢谢你的爱与友情。你是我弥足珍贵的礼物。我无法形容一直以来你是如何在丰富着我的生命。

我将永远珍藏在纽约与你共度一周的回忆。

我是多么地爱你！

妈妈

1983 年 4 月 17 日

于纽约

二十九

我做了这样的梦：我的脖子给挂上了一串鸟喙做的项链，是谁挂的我看不见。“你要去非洲。”一个声音说。于是有人交给我一些种子。

内罗毕，1985年：我站在一只硕大的陶土花盆里，抓住无花果树的枝干以保持身体的高度，以免被人群踩踏。在“联合国妇女十年论坛”的众声喧哗中，一个声音脱颖而出。她——旺加里·马塔伊教授[1]。

“非洲的诸多问题给世界其余地方都罩上了阴影。这里出了一个问题，就是滥砍滥伐。”她说，“环境问题如

① 旺加里·马塔伊教授：Professor Wangari Maathai（1940—2011），2004年获得诺贝尔和平奖。1977年，马塔伊教授发起“绿带运动”，号召贫穷的非洲妇女种下了4300多万株树木。

果处理不好，那就什么都处理不好了。只有村民都理解了问题，问题才能得到解决。”

这声音与我以往所听到的都不一样。她富有激情。她有大将风度，也很聪明。旺加里·马塔伊一说话就是在谈实事，谈简单而正面的事情，实在的事情，比如种一棵树。

我听着。

“种一棵树就非得弄脏手。女人上了大学经常就留在了城里，找白领工作，忘记了自己的出身。把地球的健康抓在手里的，是乡下人，是村民。”

我懂得了非洲女人是如何背负着环境危机的，每天耗费八到十个小时去拾柴，好为家人做饭。我懂得了人们焚毁林木是为了木炭，那比木柴效率高，但后果是留下了荒山秃岭，造成水土流失。我第一次看到环境问题成了经济问题，最终成为社会正义问题。

如果女人在受苦，那么儿童也在受苦。赋予女人权利，便是赋权予整个群体。我的心中燃起了革命。这就是我来非洲的目的——不知不觉地——懂得树木如何带给人希望。我离席而去，跟从旺加里走进肯尼亚农村，目睹了女人的劳作以及培植森林的意义。

“我们需要再多做一点工作，少说一点话。”她对我戏谑道，当时我们离开内罗毕，去参观离她基库尤[①]老家很近的一个村子。

我目睹女人们在衣裙的叠缝里收集种子，适时栽种，并跪着呵护小树，如同祈祷。她们用双手培土，保障幼苗的安全。她们不仅是在植树，更是在培育希望。假以时日，她们可以售卖树苗为家里赚取收入。土地在她们手里得到安抚，复兴在耕耘中生长。

旺加里·马塔伊的领导魅力在于以务实获得快乐。我们的情绪随种子的生长而高涨。这些女人在村子里也获得了发声机会。种树不只是职业，它是反抗压迫的行动以及复兴的隐喻。土地的健康。人的健康。当女人集体劳动时，所有的人都受益。这就是我对“绿带运动”的介绍。

旺加里·马塔伊成为我的导师。她邀请我到专门的“女人之森”中为我的母亲种下一棵树。我一天又一天重返那里，与住在那里的女人们一道种下更多棵树木。我们的手上满是非洲种子的污渍。

她乐观的精神力量鼓舞着我。她向我展示了用爱动员

① 基库尤人为肯尼亚的第一大民族。

公众的重要性，同时也道出了我们正在压迫地球这一残酷事实。她的声音不仅启发了我，而且使我一回家便立即采取了行动。

我们发起了犹他州的“绿带运动”。我们也以此种方式找到了非洲的滥砍滥伐与美国大盆地地区沙漠化之间的共性。两处地貌都因失去植被而退化——非洲是因为伐树，在美国西南则是由于过度放牧。不论哪种情况，宝贵的表层土壤都因水土流失而不复存在。我联系了救济会（the Relief Society）的摩门女教友，这个组织设在“后期圣徒教会”（LDS）之内，提供教会服务，增强姐妹情谊。我们能够跨洲联谊。我在全州许多救济会和读书会中做了数百场演说，反复讲述非洲的滥砍滥伐以及旺加里·马塔伊的植树努力，讲她如何一村接一村地植树，号召减轻妇女的负担与压迫，同时看护好地球。

我只是把自己在肯尼亚的见闻传递给犹他州的妇女，请求家乡人施以援手。每位女性只需花 10 美元就能以自己热爱的一位女性的名义购买一棵树。我们请人设计并印制了证书。这项活动旨在推进教育与参与。妈妈和奶奶都是第一批报名的。

布鲁克的父亲也深受感动。他带我去吃午餐。他在教会里德高望重，许诺把我引荐给他的朋友，一位行政执事。他有办法将这一本地妇女的筹资义举扩展到全世界。我明白这对于肯尼亚的“绿带运动”意味着什么。摩门教的组织能力无与伦比，超乎我的想象。他说他能打个电话，向教会中一位元老介绍我的运动。然而这其中有一个陷阱。

“你明白我承诺过为你做什么。现在说说你可以为我做什么。你向我保证，你要让布鲁克重返教会，而且还不能提起我们这次谈话。”

我无言以对。我想起了为自主独立而斗争的肯尼亚妇女。我想起了旺加里·马塔伊面对体制威权时的无畏凛然。她会怎么做呢?

我正处于午餐中间长长的一段沉默中。它看上去是如此简单的一件事情。

“我不能保证。”我对敬爱的公公说。

我公公在不知不觉间倒逼出了正直。我的正直。我意识到自己无法两者兼得：在公公的帮助下利用摩门教的影响力以获自己所需，但同时又不情愿帮他达到他最想要的目的，即让他儿子皈依教门且对此约定守口如瓶。这是浮士德式的交易。布鲁克拥有对自己的主权，我也一样。我作为摩门教女性受此挟制保持沉默，恰恰损害了我所竭力为肯尼亚妇女争取的益处。我的妥协原则上也成了她们的妥协。

为何鸟喙的尖角烧焦了？

——金咏梅

我要自筹善款。不能有任何附带条件。

我们为肯尼亚“绿带运动”筹措到1万美元。不是很多，却是很多个10美元汇集起来的，一个女人为了另一个女人的福泽而做出贡献，慷慨大方。

旺加里·马塔伊于2011年9月25日因卵巢癌去世。多年来我们情同姐妹。她给我的最后一件礼物是女人的背篮。我是在9月26日通过邮局收到的，它用美丽的红布包裹着。我曾问她植树收获了什么，她说：“耐心。”

“绿带运动”种下了逾四千三百万棵树。没有一棵树被用作她的棺木。肯尼亚妇女和她们的孩子们（瓦维鲁、万基拉以及穆塔）一起用凤眼兰编织的棺材装殓并安葬了她。

她离世的噩耗在我如同晴天霹雳。像旺加里·马塔伊这样的人是不能死的，在我眼里她是多么的倔强而富有韧劲儿。对于失去挚爱的人，我们总是措手不及，尤其是像旺加里这样一个普世的灵魂。我走出家门，跪在地上，向她的魂灵送出我感恩的祷念。我泪如雨下，直到一只红喉蜂鸟未及我说完便径直飞旋到我眼前。我抬头微微一笑。当然是蜂鸟。是旺加里最喜爱的鸟，能扑灭林火的鸟，每次飞来都用喙蓄满了水。

三十

八月的三角叶杨飘落了一地如暴雪般的种子。清晨，放眼窗外，但见一只地松鼠披裹着杨花絮，正把前臂上的树种子剥下来吃。突然间，一只黄鼠狼杀到，疯狂地在院子里追逐着地松鼠。就在黄鼠狼要攫住地松鼠的脖颈发出夺命一击时，她猛然转身，直面黄鼠狼厉叫起来。黄鼠狼惊得窜到半空，背着地摔落下来。同时，地松鼠已逃得没了踪影。

三十一

当我们违背了自己的本能，会怎样？

当我们不能畅所欲言，会怎样？

当我们负疚、羞愧、生疑，会怎样？

我在附近见过他。他挺惹眼的，三十来岁，皮肤晒得黝黑，金发，健美。

你见过他一次就不会忘记的。我真就记住了他，感到自己在注意力的边缘地带为他存了这么一块，于是当他出现时，就好像是来索取属于他的那一份似的。

“我叫约瑟夫，”他说，“去散散步怎样？”

“我在上班，”我说，“没有时间。”

我们都住在爱达荷州绍图斯荒野的一座偏僻的营地里。

我担任田野生态学课程的助教。他做木匠活儿。

“‘高松双鸦’那个景点的风光很不错。”他说。

我点点头，继续写着。我认得那处山脊。我不需要跟他一起去。

他散发出夹杂着汗味儿的烟气。即使在平房带纱门的走廊内，他也能让人想起干燥炎热的乡野里的篝火。甚至他的手上也满是灰尘。

“晚饭时来接你。”

我抬起头。

他低头看看我的鹿皮靴：“得穿上你的登山靴。”

不知当时我为何要无视自己的身体本能，无视自身的直觉。一个悲惨故事的所有要素都具备了。奶奶前前后后给我们读过不少安徒生和格林的童话。我更喜欢《格林童话》，因为这些童话更阴暗、可怕，也更可信。那一盒盒红红绿绿的书都已被翻得破烂。我们都有自己最喜欢的故事。我总爱听《白雪公主》，情节让我着迷。那面会说话的镜子；容颜衰退的邪恶王后永远受困于自己提出的问题：

“谁是世界上最美的女人？”她三次乔装打扮，图谋害死白雪公主：第一次，会自己收紧的带子只是勒昏了她；第二次是毒梳子；第三次换成了毒苹果。可是白雪公主总能转危为安，挫败了心如蛇蝎的后母。对我来说，童话成了白雪公主与王子的爱情故事，如何使自己的力量隐而不发，如何保全并展示这股力量，安然渡过险境。七个小矮人对我而言也很真实：我生长在大家庭里，每个成员都以自己的特质给予和保护着彼此。

我拗不过约瑟夫。说“不”总归没有说“是”容易。我放下纸笔，换上登山靴，跟着他。能有多糟糕嘛，我想。新鲜空气对我还是有益的。

“这么说你是海瑟韦的助教？”

“是的。”

“上什么课？”

“田野生态学。”

“有多少学生？”

“十个。”

我不想显得无礼，但也不愿搭话。

“在这儿多久了？”

“两个星期。”

就在这时，一只大角鸮陡然出现在眼前。如此近的距离让我吃了一惊，我停下脚步盯着它，直到它落在一棵黑松上。

我走下步道，悄然向大角鸮走去。约瑟夫继续向前走，然后才发觉我没再跟着他。

“来呀，我们还没到呢。”他喊道，同时走回来。

“我想在这里坐一会儿。跟那只大角鸮在一起的机会可是很难得的。”我一屁股坐进山坡上长得高高的黄草。

约瑟夫焦躁地走了。

那只大角鸮还待在原地，一身斗篷般的羽毛在日光斜射的松林间伪装得恰到好处。它纹丝不动，凝视着我，黄色的眼睛如同森林火焰。在傍晚挪移的光影里，不知有多少时辰过去了。

大角鸮是个两面派，既令人警醒，又给人安适。此时此刻，我不要警醒，而是慢慢地浸入其带来的安适里。我在山中沉湎于自己的幻想。这是我的家园，很难说有什么好害怕的。荒野自有其规则，伴随我们的成长过程。敬畏是首要的，还有不可预见性。保持距离。谨慎小心。时刻准备。

传来树枝踩断的声音，我回过头。约瑟夫站在身后，系着腰布，没穿衬衫，头缠着绿色塑料布。

“我感到很冷。”他说。

“肯定冷了。”我说，很奇怪他把衣服丢哪儿了。更让我不安的是他是在哪儿找到这些行头的——或者说是藏在哪里的——为什么要这样。

“咱回去吧。”

他举止异样，闻起来一股烟味儿。我离开了那只大角鸮——也意味着离开了我所熟知的东西——跟上了半裸的约瑟夫走回主路。到了分叉口，应该选择我们来时的下坡路，约瑟夫却停下来说：“我们往上走到里查逊溪吧，然后再向下走，抄近路，能赶上晚饭。”

我在盘算，这个人越来越狂躁，比起现在就拔腿逃跑，继续跟着他走一段的风险还是要低一些。我不想惹毛他。我一再迁就他，这不能说完全是出于礼貌，虽然我做出的每个决定都在破坏我的理性判断，可是继续走下去似乎比相信我的认知要容易。我没有力气去争执。我保持着安静。然而我犯了大错，忘记了童话故事的规则：年轻姑娘到森林，一定出问题。所有我曾听过的童话都有一个核心教导：小心那迷人的披着羊皮的狼,而我却置若罔闻。世间是有恶的。你是会上当的。

我们快步走了十五分钟，天色暗了下来。约瑟夫在我身后。我听得见他的呼吸声，近乎喘息。我加快了脚步，这回总算有了勇气。一条深谷豁然横现，里查逊溪还远远地在谷底。不是这条路。我的每一根毛发都竖了起来。我转过身。约瑟夫正站在一块大方石上。他脖颈青筋暴突，眼中黑黑的瞳孔在放大。仿如慢动作一般，我看见他从背后抽出一把亮着寒光的双刃斧，正好举在头顶，欲用尽全身力气砍向目标。我们的目光碰到了一处。那把斧子是冲我来的。就在向前窜时，他趔趄了一下。我大跑起来，头也不回地跑了足有一英里半。

晚饭我迟到了。海瑟韦教授问是不是一切安好。他很担心。我说走了一大圈路，误算了时间。

我为什么要说谎?我为什么没有告诉老师自己刚刚逃离的恐怖呢?我感到难为情。或许那是我的错。或许那全是我想象的。在跟约瑟夫出去之前,我没有听从自己的直觉。为什么现在又相信了呢?

那天晚上，我把睡袋从平房里搬出来，住进了一座远离所有人的牧场。我在室外比室内更有安全感。我望着闪烁的群星及无垠的银河，可是我只能看到呈双刃斧形状的星座。我一刻也没合上眼，躺在地上瑟瑟发抖，眼前反复出现约瑟夫瞳孔放大直盯着我的样子，那搏动的惊骇使我双腿僵直，身体冷如冰霜。

第二天，我给布鲁克写了封长信，描述了发生的一切，包括约瑟夫的体貌特征——万一我失踪了呢。我把负担转给了布鲁克。落难少女终被王子搭救——故事不都是这样的吗？假如我不能再发声，那么布鲁克可以为我言说。假如真有事发生，布鲁克可以代我讲述，因为那时我已静默。假如我错了，我也不想损毁约瑟夫的名誉。我在信封里放了一小片猫头鹰的羽毛。我步行到数英里外的主干道，招手拦下一辆从斯坦利开来的卡车。皮卡里的男人停了车，摇下车窗问我怎么啦。我问他能否帮我捎一封信。他答应了，我给了他两个二十五美分买邮票。

几天后，我正在厨房给自己倒茶。我终于重返日常生活。我听见纱门吱呀一声打开，又啪地关上。我转过身，是约瑟夫。他的脸刮得很干净，穿戴也很整齐，同样令人作呕的烟味儿把我逼到了墙角。我心狂跳起来。他边低声说着边慢慢地朝我挪过来。

“那会儿你以为我要害死你，是吧，特丽？”

我满脑子都是那把闪着寒光的斧子，他缓缓举过头顶的双臂。我害怕得说不出话来。我只是站在那里，双手捧着那杯茶，灼烫着手指，感到恐惧又一次全面刺痛着双腿。

“你为什么要跑呢？我跌倒了你为什么要离开我？我有可能受伤啊。”

我听见自己唤着布鲁克的名字，仿佛这是个有法力的字眼，可以破除魔咒。

“布鲁克？谁是布鲁克？”约瑟夫问，突然癫狂起来，身子前后晃着。“你结婚了？你没说你结婚了。我还以为你是处女……”他变得语无伦次，咕哝着，言语含混不堪。他的蓝眼珠又膨胀变黑了，同时陷入恍惚之中，用臭烘烘的手指触碰我的脸，拇指缓慢而用力地按压我锁骨之间的凹陷处。他瞪着我，最后仿佛失望一般放开手，走出了厨房。没有人再见过他。

如果没有眼神接触的话，狼对羊的杀戮就是无差别的。鹿或是驯鹿能够迎上并锁定狼的眼神。一瞬间，在捕食者与猎物之间，决议达成了。巴里·洛佩兹称之为“死亡谈话”。动物尚能同意或不同意就范。不。我的眼神说不。我不愿意就范。正是在那一刻，约瑟夫滑倒在沟谷里，而我逃离了。

在绍图斯余下的日子里，我很想找个人诉说我的遭遇，什么人都行。我很想说出来。我想吐露自己是多么害怕，差点儿送了命，差点儿被一个疯男人用斧头砍成肉酱，而我是无辜的。可是我不相信。我觉得是我错了。我背叛了自己的直觉。我的身体试图警告我。大角鸮也试图警告我。但我置若罔闻，无视直觉。当一个女人缄口不言时，其他女人就会受到伤害。而此时，约瑟夫可能正在另一处荒野伤害另一个熟睡的女人。

在田野课程的最后一周，我们专注在河流的研究上，察看生活中里查逊溪里的毛翅蝇和蜉蝣幼虫。学生们在上游拼命地嚷着，叫我们过去。我们丢下收集器，跑去看出了什么事。

在沟谷底部靠近小溪的地方，有一个用柳枝搭的小窝棚。里面有血迹斑斑的鹿头骨和骨制项圈，另有一小堆整齐叠放的书，都是关于晦涩难懂的中美洲文化的，从阿兹特克人到玛雅人，其中讲述活人祭献的部分都用破纸条做了标记。接着，一个学生拖出了一把双刃斧。

一见到这把武器，我就感到一阵恶心，赶忙退出来。我吐了。一个学生发现我在树丛里呕吐，便问我要不要帮助。

“不用，谢谢，只是染了流感而已。”

再一次，我没有告诉任何人任何事情。

布鲁克恳求我去报案。我拒绝了。这个摩门教的好姑娘说：“我挺好的。”

“就算了吧。”我说。

女人捂着嘴是什么样的姿态？

女人捂着嘴双目圆睁，是什么姿态？

男人用大拇指压迫着女人嗓音里的心跳，她通过眼神哭喊却没有眼泪，此时的男人是什么姿态？

每当我听说年轻女子失踪，有可能被谋杀却不见尸首的时候，我就会想起约瑟夫和我的沉默的暴力。

奶奶总是说：“当女人哭泣的时候，最接近最真实的自己。”我在绍图斯的荒野里一直没有哭。

在太长的时间里，我们受诱惑走上了一条并不能通往自我的路。在太长的时间里，我们想说不的时候说了是。在太长的时间里，我们极度想说是的时候说了不。

我照镜子时，看见了一个有秘密的女人。

当我们不去听从自己的直觉时，就抛弃了灵魂。抛弃自己的灵魂是因为我们害怕如果不这么做，别人就会抛弃我们。我们所受的教育让我们质疑所知，让我们折损、败坏内心的权威。

我想知道为什么。每当我抛弃自我时，我总是感到悔恨，然而悔恨就是在与过去缠绵，是毫无用处的。能拯救我们的并非王子的嘴唇，而是我们自己言说的嘴唇。

我要超越自己的规训而成长，打破正在损坏我的东西。

三十二

母亲于 1987 年 1 月 16 日去世。我们把她葬在一层层的雪及霜冻之下。冬天刺目的皑皑白色之中包藏着肃杀。悲伤是会说话的。那是朝向内心的沉默的冰冷尖叫。

三十三

暴雪之后，我走在纽约街头。转过街角，我发现一只小小的蓝色翅膀，它躺在湿漉漉的人行道上，从关节处被折断了，几条肌肉仍残留在纤细而血淋淋的骨节上。我猜是靛彩鹀。我把断翅带回寓所，将之作为给女主人的礼物。我这位朋友欣然接受，觉得它有一种罕见的美。她有一株棉花，插在大奶罐里。她把断翅放在了棉树柔软的白花上。

"一种凶残的美。"她说。

在犹他州的韦斯特沃特峡谷，布鲁克和我划舟顺科罗拉多河而下。臭名昭著的"骷髅头"急流正恭候着我们。我们先在一处支流峡谷停下来，把小筏子系好准备用午餐。雨燕和燕子在红石崖壁上方翱翔，这里的崖壁构成了砂岩走廊，水流在此处切割着岩石。哀鸠呜呜地啼鸣。黄色林莺在柳丛里鸣啭。我们盘腿坐在沙滩上，布鲁克从背包里拿出三明治。

“嗖——！”

有什么东西如火箭般掠过我们。布鲁克未等我明白过来怎么回事便起身察看我的伤情。眼角割破流血了——被锐利而迅猛之物。我摸了摸被疾飞而过的翅尖划出的细如剃刀片的线。

“游隼！”布鲁克面朝支流峡谷方向叫道，“看见了吗？”接着他蹲下身查看我的眼睛，用指尖按住那道狭长鲜红的血口子，“你没事吧？”

我还好，不过假如我再向右偏一英寸而不是倚向布鲁克，那就算丧命于鹰爪了——多么牛的讣告啊。

我做了标记，添了疤痕，我的皮肤被羽毛镌刻过了。死亡的哭号是借腹语者传出的，看不到唇动，唇动的时候已是一片长啸似的狂笑。

三十四

《心灵的慰藉：一部非同寻常的地域与家族史》（*Refuge: An Unnatural History of Family and Place*）的封面上便是一只隼。刚拿到校稿时，翩然现于右上角的是一只并不存在的鹦鹉。这个形象在书桌上伴随我两天后，我给编辑打了电话，说现实中不存在这种鸟，尤其是在大盐湖附近。问及建议，我想到了那只“容光焕发的隼”，以及它是如何迅猛得来无影去无踪的。

我的母亲、祖母和外祖母莱蒂都在数月内相继去世。癌症：乳腺癌、卵巢癌、宫颈癌。切除、断残、驱逐。女性的身体被摧毁了。我最为害怕的发生了。她们的死是一种召唤：要么言说，要么死去。

我做出了一个决定。我越过了一条线。我用笔和藏在靴子里的一叠纸越过了那条线。母亲去世后一年的复活节周日，我在内华达试验场参加了非暴力抵抗运动并遭逮捕。原子弹正是在这儿的沙漠里引爆的，美国政府其实早已试验过，他们明知武器是有效的。美国于1945年在广岛和长崎扔下的原子弹成功结束了二战。数百万人在耀眼与鬼魅般的闪光中灰飞烟灭。可显然，这不是他们寻找的证据——他们要在自己的公民身上找证据。我的家人和我都属于所谓的“下风向的人”[①]。

姿态是有声音的。我从母亲和祖母的死亡之中找到了自身言语的分量。这是我生命中的一个残酷讽刺。

这就是我的宣言：“我要写作——我要带着我的愤恨，将之转变为庄严的怒火。我必须从她们的死亡中寻求意义。”

没有任何野外指南。没有一张地图。我可以自由发挥。

神话创造就是诠释真理的演化进程。

我母亲的日志是纸鹤。

① “下风向的人”：downwinders，指美国西部受到在核试验场泄露的辐射与粉尘污染、身体受到严重损害的居民。

“我属于单乳女人家族。”一个朋友仅仅问了我一句“你好吗？”，我这些话便脱口而出了。那时我并不能知晓我如今知晓的，即这一形象使我将家族里的女人们看成斗士，而非乳腺癌的受害者。二十二年后，“当我们羽翼尚存”这一形象与语句在我睡梦中莫名冒了出来。

我们曾是鸟儿？

现在还是吗？

抑或我们总是灵动得让人无法捉住？我们的选择总是飘忽不定。

“我是有羽翼的女人，”我曾写道，并准备进一步修正，“我是个有羽翼的女人，与别的羽翼女人共舞。”

在一个能够畅言的群体里，我们所有人都活得生机盎然。

在《心灵的慰藉：一部非同寻常的地域与家族史》里，我重温了这些时刻，并非作为记忆的重复，而是提醒我们如何在时间与空间里进化。于绝望面前保持继续前行的勇气，就是认可在那些黑暗的目光里，我们找寻到了自己的夜视能力。拥有死神之眼力的女人是无畏的。

三十五

我有一张母亲的照片。她站在杰克逊湖的一叶小舟上，背对提顿山脉。她穿着带珍珠扣的花格衬衫和李维斯夹克，这件夹克有点太大了。当时肯定是在刮风，因为她脖子下系着围巾。一绺秀发溜下来在前额绻成了刘海，还有一簇偏到了一边。她目光灼灼，鼻梁挺直，嘴角不笑不蹙。母亲是刚强的。她看着我。我不知道她看见了什么。

我不知道更喜欢哪个，
音调的流转之美，
还是暗讽之美，
是喜欢黑鸟的呼哨，
还是之后的余韵呢。

——华莱士·斯蒂文斯
《看黑鸟的十三种方式》（*Thirteen Ways of Looking at a Blackbird*）

我母亲的日志便是那“余韵”。

三十六

摩门教有谚："我将跟随你跨越荒原。"

诠释一下是很简单的：你是坚忍不拔的，你很可靠，你能自我负重。我们的贝姨妈就是其间一员，出生在优秀的拓疆者家族。

贝翠斯·罗姆尼·伯格是我母亲的姨妈，我外祖母的妹妹，维拉蒂·李·罗姆尼和帕克·罗姆尼的二女儿，他们家因受人们对一夫多妻制的迫害而逃难到墨西哥。1890 年，摩门教宣布允许教徒放弃多夫妻婚姻制。尽管一夫多妻制在墨西哥也是非法的，但在教徒中仍相当普遍，也没有受到美国那么严格的监控。

家族传奇是这么说的：罗姆尼家的男人荷枪实弹，严

阵以待潘乔 · 比利亚[1]和他的追随者们——他们在奇瓦瓦地区，正朝着摩门教徒的杜波兰定居点进军。墨西哥革命爆发了。

那是1911年。我的外曾祖母维拉蒂正在做晚饭。有人报信说得赶紧撤离。正怀着第二个孩子的她一把抱起不满两岁的莱蒂，将宝宝缚在大肚子上，骑马而逃。她和其他男男女女跨越了边界。一到得克萨斯的厄尔巴索，当年叛逃的摩门教徒便被视作难民，他们像牲口一样被驱赶入栏，直到美利坚合众国决定如何处置他们。

外曾祖母告诉我，离家时非常仓促，烤的饼还在炉子上。

哪些是事实，哪些是想象呢？

事实是贝姨妈是回到犹他州出生的，政府尊重他们家的选择，给了他们返乡的单程车票。他们选择了犹他州的康沃尔，我的曾祖父、曾祖母在那里种甜菜。我的曾祖父帕克 · 罗姆尼被尊为摩门教长，其职责是向上帝的每个子民传递祝福。

我母亲得到的教长祝福是她十二岁时由外祖父送上

① 潘乔 · 比利亚：Pancho Villa （1878—1923），墨西哥革命时期的著名将领。

的。他管她叫“小夜莺”。

我得到的教长祝福是在我十七岁中学毕业时。我还能记得祝福语：“向你昭示的真理绝不会与上帝的真理抵牾。”我在当时深以为是，现在也笃信不疑，并将其融入自己的个人神学之中。谁会说，追寻问题的鼓励没有为我的信仰开启探索之门呢？那可是包含了禽鸟与走兽的精神智慧呢。

你参加了家庭的大团聚，那时挤进城里的人仿佛就多出了一倍，于是你知道了自己是摩门教的，他们如此说道。家庭团聚计划在盐湖城贝姨妈的家里举行。母亲和外祖母莱蒂两年内相继去世。贝姨妈成为罗姆尼家族的女当家人。不去会感觉有愧，所以只好去。我正在写书，根本不想出门，更不想面对那些亲戚，他们不是在生孩子就是在养孩子。酝酿一本书可不像孕育一个小孩儿那么正当。

我按了门铃。贝姨妈开了门。如果我说她不穿高跟鞋也有 6.3 英尺，你相信吗？我确实很喜欢她，她声如洪雷，举手投足让人很安心。

“进来——进来——”她说，“大家都在。亲爱的特丽，你来了我们很开心呢。”

罗姆尼家的女生讨人喜欢的地方在于，她们对说话者的专注总是溢于言表，此刻我就是她的专注点。“说说看你在忙什么，你的事情一直是最有趣的，研究印第安人，是吗？”贝姨妈问，“我很想念莱蒂，她总能告诉我们你去哪儿了。”

我对她说自己在写书。

“真的？写什么？”

“写妈妈——”

正是谈到这里，我看见她的微笑片刻间变弱了一点儿：“写黛安？”

接着我就说漏了嘴：“我写了大盐湖的上涨和妈妈的去世。”

“嗯，赶紧进来吧，给你弄点吃的。”她看看我，飞快地瞥了一眼我平坦的腹部。我们走进人声嘈杂的客厅，对于很多亲戚来说，我即使不是多年未见，也是久违数月了。我很高兴再见到他们。

即便如此，我也没有久留。我心里感到不安。在开车回去的路上，我所有的思绪都变为现在时：可能我现在真的疯了，或许泛滥的大盐湖、淹没的鸟类保护地和母亲因卵巢癌去世这几者之间并无关联。

刚驶入车库道，我就想起来布鲁克出城了。我孤身一人——被自己的想法所困扰——受自身恐惧的追捕。好可怕。好害怕。一进屋，我就把钥匙拿下来，放在一个我肯定会忘记的地方，打开灯，坐进了沙发。

那天晚上，我躺在床上，思想止不住地奔驰起来。我睡不着。我坐起来，画了一张图。

地下室里收着孩提时用过的画架。画板上还夹着好几张马尼拉纸。我带上了楼。

我手里拿了两支马克笔，在纸两头分别写下我所思索的各种话题：

大盐湖	母亲
熊河候鸟保护地	家人
洪水	癌症
野生动物资源部	摩门教

我把两张列表都圈起来。二者之间并没有联系。然后我意识到，把这些貌似不相关的词串起来的是叙述者。于是我在下面写了“TTW”[①]，也打了圈，并且将其与上

① “TTW”：指作者 Terry Tempest Williams。

面的两个圈用直线连起来。我朝后站了站，看着图，突然明白自己并没有发疯：摆在我面前的是一张女性生殖系统图。

我取下草图，飞快地将其混在两叠纸里：母亲、母亲、母亲——鸟类保护地、保护地、保护地。我抓起与她相关的那一摞，把睡衣往李维斯牛仔裤里一塞，套上牛仔靴，然后一路狂奔向峡谷。我开到最近一家金考快印店，把我写了一半的书稿交给柜台后面的姑娘。

“能不能用最鲜亮的纸张打印？”

“那样读起来很吃力的。”她说。

“没关系。”我说。

“蓝绿色？”

“好极了。”

然后我就等着，看着表。我都没意识到已经过了凌晨两点。当时只有店员姑娘和我两个人。

突然门开了，走进来一个比我还狼狈的人。

诗人马克·斯特兰德。我们是朋友。我祈祷自己那霓虹灯般艳丽的稿子可别现在印出来。

“你在这里干吗？”他问。

“马克，你有没有连多一个字都憋不出来的日子？”

那会儿他宰了我都是可能的。我完全不设防。

“每天如此。”他递给姑娘白色稿纸时根本没有注意到我接过来的那些“蓝花花”的纸页。

我一到家就把蓝绿色的一叠纸和稿子合为一处，按页码规整好。我看出来蓝绿色太多的地方色彩太强烈。白色纸太多，鸟儿太多。我的任务是要做出浅蓝色的手稿，把两个平行的故事优美地融合起来,形成一本和谐连贯的书。

发声：绝对而完整地去制造词句。

心灵的发声：穿越我们的脆弱，用力量来说话。

三十七

致黎明时分啼叫的猫头鹰：请问为何要如此——为何此时——在夜晚即将屈服于白昼之时？为何不在日落西沉，当我们被裹入暗影的襁褓将要消失于黑夜中时发出你的嚎叫呢？为何不是彼时呢？那样我们就可以倾听你了——反正我们也无能为力——此刻请问，为何要把声音留到苏醒之时？因为当你在梦的边缘呼喊我的时候，我还想耽迷在睡眠的舒适里，躲在被窝里——睡，睡，一直睡——温柔乡里，甚至连客迈拉[1]都让我觉得更安心，不像你逞着拂晓的胆气向我叫道，起床——现在——马上。

① 客迈拉：Chimera，古希腊神话中的怪兽。

我母亲的日志就是一种读心术。

我母亲的日志是一种冥想。

我母亲的日志是一株莲花，含苞欲放。

三十八

并非不染污泥的莲花。癌症。那么多癌。我的家族里有九人切除了乳房，七人病故。奶奶于1989年6月27日去世。我第二天醒来的那个夏日，世上的一切色彩仿佛都消耗殆尽。也并非黑白世界，而是一片灰色。

即便是84岁高龄，在如此一段漫长而丰饶的生命之后，她的离去仍太匆忙。

我起不了床。我无法继续自己的生活。待真能走出家门时，我到一个人造公园的人造湖边坐了好几个小时，家养鸭子在如镜的水面上浮游。我目光空洞。什么都不重要。我瘫痪了。布鲁克告诉我走一走有好处。

于是我每天行走着。不是在冥思，只是为了生存，一只脚越过另一只脚，凝神朝下，勉力保持着稳当。

———

猫头鹰峡谷里的苔藓极干燥，我们泼上去的水都不能吸收，而是化作泪滴似的小珠子滚落到沙地里。我们国家到底有多么干旱，我竟一无所知。

我们沿犹他州境内的科罗拉多河继续在蜿蜒的峡谷中行进。崩脆的干泥巴已不多见。两英尺见方的洼地里，蝌蚪正尽力要在水蒸发掉之前变成青蛙。雨燕飞落下来，喝掉泉眼里的最后几滴水，而曾几何时这汪泉水还那么忠实可靠。吊钟柳已发不出什么翠绿的新芽，难以摆脱去年秋天形销骨立的寒碜，此刻正随风猎猎作响。无论我们走到哪里，都能感觉到一个焦渴而贫瘠的世界。

其中一处干涸的水塘边缘形成了一个红褐色圆圈，别具罕异之美。我的朋友是生物学家，只说了句“是藻类”。

我们跪下来去触碰。红褐色的水藻像被施了魔法似的变成了橘色。我们又轻轻地擦了擦，发现越去搅动，其色泽就越亮丽。这种橘色有别于我自己对色谱的所有体验，与其讲是一种色素，不如说是一种光彩，它就是停留在我指尖的活生生的胡萝卜素。

这是不是已为沙漠先民们所知晓，并且在绘图于红石崖壁时表现了出来呢？

我在左手掌上画了个橘色的圈，然后双手合十祈祷。再摊开手，一个圆圈变成了两个。我朋友在手上画了螺旋，在每只脚上画了十字。我则把橘色抹到了身体很多部位：前额、咽喉、胸乳之间；下至肚脐、脚面，然后还在颈背点了一点。

仪式创造着自身的逻辑。

蜥蜴逼近，青绿色的肚腹上下不停地抽搐着。我很疑惑，在这么干旱的时节里，是什么造就了这一物种的繁盛。我们面前是一块未知的调色板。水藻在挣扎中欣欣向荣，听候调遣。焦躁是创造之母。

在顺着峡谷朝家走的路上，我们用手掌将鼠尾草摊开，让其淡淡的银蓝衬着那刺目的橘色。鼠尾草苏醒过来，与明快的橘色相得益彰。滨藜和金花木也打起了精神，细小的羽状叶片在热气里闪着光。我们摊开的手掌如同舞台背景，衬托了尚能在沙漠的干旱中生存的一切活物，我们则看着它们登台亮相。

给这种颜色起什么名字呢？

到了家门口，我站在外面，伫立于这受到侵蚀的残缺景致前面。我们点燃的橘色火焰此刻闪耀在我们的球葵园里，于是刚才的场景再现：橘色之翅在蓝色背景下鼓动着，末代橘色君王。

奶奶在晚年学起了绘画，那是她一直想做的。她最后的几幅油画中，有一件名叫《自画像》。她画了一只家鹧鹩，栖在她指尖上，指着路。

三十九

荒野协会（The Wilderness Society）历来在环保事业上成就卓著。玛蒂·缪里是荒野协会第一届主席奥罗斯·缪里的夫人，她本人也是环保主义者，早在我到提顿科学讲习所进修的时候她便是我的良师益友了。他们将1964年《荒野法》写在了位于大提顿国家公园内的缪里牧场的前廊口上。作为荒野协会1950年的主席，奥罗斯做了成功的游说，阻止联邦政府在冰河国家公园及国家恐龙化石保护区修建大坝。他力挺作家华莱士·斯蒂格纳，并与他一起创作了《这就是恐龙》（*This Is Dinosaur*），以文学作为其主张的载体。

华莱士·斯蒂格纳曾入选荒野协会的理事会，其中成员还包括阿尼·波尔，林木政策的伟大改革家；查尔斯·威尔金森，科罗拉多大学法学教授；还有一位西部水政策及印第安法律事务专家。二十六名理事中原有两位女性：爱丽丝·M.瑞弗林，克林顿政府的“管理与预算办公室”副主任，以及简·H.雅恩，佐治亚州的环保人士。在玛蒂的鼓励下，我应邀加入了理事会。

在荒野协会理事会任职的头一年里，我缄口不言。我倾听着，听着人们就公共土地政策高谈阔论。他们争执、辩论着。他们发出倡议，令我钦佩。只要涉及财政和预算方面的议题，爱丽丝·瑞弗林便一直是中心人物。简·雅恩总是亲切和蔼，知无不言，不过通常只谈有关南方土地的议题。

在一次会议的间歇，我离开房间准备出去走走。到电梯口时，爱丽丝·瑞弗林正站在那里。她按了下行键。门开了。我们步入电梯。电梯下降时，我们都盯着紧闭的门。

“你有言论要发表吗？”她问的时候看着前方的按键板。

“有的。”我答道。

“要能听到你的高见就好了——”电梯门开了，她捷步而去。

在理事会的第二年，我确实开口了。我记住了爱丽丝·瑞弗林的话，开始参与讨论。我注意到两件事。

第一，我抛出问题或言论之后，会场里略做停顿便继续下去，毫不关涉我刚刚发表的言论。我感到自己是隐形的，只在需要诗性解读时才有人听听。无关紧要。

第二，我得不到大家似乎都知道的信息。我把所有材料都读了两遍。我研究与提案关联的问题，可总是不得要领。我弄不明白。

在一次会议后，有人请我和其他几个理事去喝点东西。我答应了。正是在那里，我得知了其他所有人都知道的。政策是在会议室外决定的。会议本身只是形式。

我一直在读《掠舌者》（*The Tongue Snatchers*），作者是法国人克劳丁·赫尔曼。她留意到法语动词 *voler*，意即“飞逃”或“窃取”，这也是我们女人言说的两种传统途径。我们要么逃匿，要么盗用、采取及改用男人的主导语言。赫尔曼提出了另类路线——“母语”，一种真实地贴近我们自身经历的方言，既刚烈又柔情，如同一把刀，可以切片、凿琢或砍削，可以塑形、雕刻或刺扎。

在第二天的会议上，我到得很早。还没有人来。我在桌子中央放了一本《掠舌者》。一个女人尖叫着，无名氏的一只手挥舞着刀企图割掉她伸出来的舌头，这一画面或能发人深思。本·夏恩的封面艺术也搅动着我们的内心：一个嘴巴大张的女人正在逃命。我想，假如阴柔之音（想不出更好的说法)总遭遮捂,那么阳刚思维将占满地球表面,我们的命运便危在旦夕。我做好了参与讨论的准备。

我根本就没有机会。

理事会成员陆续到场。男人们（爱丽丝缺席了，简也没来）各自落座，继续研讨荒野问题。对于这样一本书怎么突现在荒野协会的圆桌中央,这样的书名,这样的画面,他们竟只字不提。正如艾德丽安·里奇所写的，“对联结的渴求、对语言大同之梦的追逐”被无视了。

在荒野协会理事会的第三年，我决心融入。我听着。我说着。我转到幕后去游说，散会后也跟男人去酒吧。可是奇怪的情况出现了。谈话越来越关乎权力，越来越少涉及土地。我们之间的讨论更集中于组织内部的政治而非荒野政治。不是谈荒野里该不该放牧，而是谈房地产，谈我们该付多少房租以及找个豪华社区安家落户有多么重要。

在每次会议上，我都很困惑：为何不更强硬地对待乔治·H.W.布什的环境政策，尤其是西部公共土地上的油气泄漏问题呢？和政客拉关系貌似比坚守原则更重要。一部有所妥协的《荒野法案》毕竟比根本没有强。最大的捐赠人有最大的发言权。我目睹他们在谈话、公司及国会间如影子般起舞，无不关乎钱与权。我与另两位理事乘着黑色林肯房车返回机场，途中瞥见了自己在有色窗玻璃上的倒影，我也成为这影子舞的一部分了。

第四年，我请辞了。我无法调和自己在信念与妥协之间的分裂。无论政治上得益多少，个人却是亏损的。我意识到自己是作家不是政客，也肯定不是什么职业说客。华盛顿的喧闹诚然激动人心，可当我回到家后却瘫坐下来，身心俱疲地思索着我们所丢掉的东西。于我而言，真实莫过于雨后沙漠里鼠尾草的芬芳，而不是与参议员共进午餐。

我去华盛顿是因为热爱公共土地。我去华盛顿是因为觉得可以有所作为。彼时的我能够认同，是因为受邀加入了一个自己尊敬的组织，在逍遥世外之后需要有人能劝诱我回归，而此时的我无法认同，则是已心碎，梦断，肾上腺素飙升，又耗尽。我不知道该如何对犹他州的荒野保持客观。我不知道该如何部分地而不是全部支持北极国家野生动物保护区。而且我永远也搞不懂为什么自己掌握的信息或资源——意味着金钱——要对其他环保组织守口如瓶，以维护自己的利益，就是地盘，这居然是策略，而不算伤天害理。我只懂得为自己所爱之事呐喊。

我对华盛顿的政治毫无兴趣。我必须面对自己以及自己所热爱的真实：一切野生之物，包括词语，桀骜不驯、一经修剪便要流血的词语，而不是那种谨小慎微、穿戴整齐、对荒野故作兴味的词语。政治是权力与诡诈的游戏。妥协，尽管是必要的，也不在我考虑的范围之内。我们妥协得太多了。

我听见自己的声音走向了极端。

四十

“假如我们听任剩余的荒野再被糟蹋，那么我们将成为残缺的民族……”华莱士·斯蒂格纳在《荒野来信》（*Wilderness Letter*）中写道，“我们就是需要有这么一块野地，即使我们不过是驱车来到其边缘，造访一下。”

荒野协会理事会内部有过一场辩论：是否要花费《纽约时报》的一个整版广告位，去公开谴责内政部部长曼纽尔·卢汉的环境政策，抑或躲在背地里做做工作，给能接触到乔治·H. W. 布什总统的国会议员们施加些影响。

众人决定还是推举充满智慧的华利[1]来解开这个结。问题在于：我们应该以更强硬的公开姿态回应布什政府，

---

① 华利：Wally，即华莱士·斯蒂格纳的昵称。

还是私下采取更有策略的措施呢？查尔斯·威尔金森和我受理事会之托为《纽约时报》撰文，那我们该走更激进的路线吗？我们将草拟的宣言带到了斯蒂格纳位于帕洛阿尔托的家里。

“让我们先听一听——”华利在我们就理事会的分歧与困境做了简述后说。我们刚和他妻子玛丽一起花了不少时间在门廊上吃了一顿美味的午餐，在那儿可以俯瞰洛思阿图斯丘陵。

查尔斯和我惶然不知所措。该如何向一个自己最钦佩的作家朗读一段习作呢？

威尔金森读了我们稿子的开头，然后我接着读完。华利双手交叉，坐在椅子里。

“完了吗？”他说，“大老远地到加州来就跟我读这个吗？”斯蒂格纳接下来便向布什的政策开了火，那难以置信的力道让我们为自己的怯懦感到惭愧。之前我们还以为自己已经勇敢地走在了前面。

真正的雄辩要有锋芒，犀利而明澈。

一个月后，斯蒂格纳被授予1992年度国家艺术奖，但他拒绝了，原因是在林恩·切尼之流的跋扈统治下，全国艺术基金会和全国人文基金会都受到了政治控制，为此他感到“不安”。

对于斯蒂格纳而言，荒野的完整性与艺术的完整性是一回事，都是蕴含生态与文化智慧的源泉，需要得到尊重和保护。罗伯特·梅普尔索普[①]镜头下的兰花，还有北冰洋沿岸危机重重的苔原，作为驱策我们的想象力都值得我们敬畏。创造力是开放空间的另一种形式，其特性正在于扰动，翻搅，并“将我们带入细腻敏感之境地”。

华利所说的“希望的本乡”，直接对应着他的信仰和律令，即“创造一个配得上风景的社会”。

我回到了犹他州，我们在沙漠里的家园。我的政治活动今后将在本土展开。

在1994年共和党横扫中期选举之后，犹他州的国会代表们由众议员吉姆·汉森和参议员奥林·哈奇领衔，宣布将起草一劳永逸的犹他《荒野法案》。他们烦透了数十年来围绕犹他荒野的论证。汉森和哈奇相信，随着金里奇在中期选举中翻盘，他们有足够的政治权力来达到自己的目

① 罗伯特·梅普尔索普：Robert Mapplethorpe（1946—1989），美国著名摄影艺术家。

的——荒野越少越好。迈克尔·莱维特州长提醒道，法律规定必须要有公众听证会。于是从1995年1月到5月，犹他州各地都举行了听证会。逾70%的犹他人要求更多的荒野而不是更少，并支持《公民倡议书》，这份文件其时保护着570万英亩[①]的荒野。犹他人被告知说，他们的心声不但会被听见，而且会得到尊重。

正式的国会附属委员会听证会在犹他州雪松城举行。

听证会分三个小组：政治组、采掘工业组以及资源保护组。我受环保各界人士之托做发言。我们将在最后作证。

众议员吉姆·汉森及其同僚坐在我们头顶的平台上，故意做出一副盛气凌人的架势。我起立发言时，汉森便开始翻文件、打哈欠、咳嗽，极尽所能来表达厌倦和不快。我的作证进行到一半时，这位众议员显然已经听都不想听了。我收住说了一半的发言："汉森众议员，我是土生土长的犹他居民。要我说什么，才有可能改变你对荒野的看法？"

他从架在鼻尖的眼镜上方瞧过来，慢腾腾地将胳膊肘前倾了一点儿，很干脆地说："我很抱歉，威廉斯女士，你说的话有的我没听到。"

① 1英亩约为0.004平方千米。

于是便结束了。

我想他指的并不是麦克风的质量。汉森众议员的高论成了一种隐喻，象征我们的议员无法——不是，是拒绝——倾听我们关于荒野的言说。

一个月后，汉森和哈奇推出了1995版《犹他州公共土地管理法案》，建议只保留2200万英亩中的180万英亩，并由土地管理局来实施。

这不啻是对民主的当面掌掴，打着公众代表的旗号，背叛了公众的信任。我怒不可遏地想，作为一个公民，我可以做什么？

我为《纽约时报》写了篇社论，题为“开门营业”，概述了犹他州的国会代表所起草的这部法案的严重缺陷。1995版《犹他州公共土地管理法案》为了开采油气而染指先前受保护的土地，由此破坏了1964版《荒野法案》。

7月，一场特别听证会在华盛顿的参议院举行。参议员哈奇和鲍勃·班尼特代表他们的法案作证。他们同样也分三组，资源保护组同样在最后发言。也同样的，我和其他三位犹他公民作证支持《公民倡议书》建议的570万英亩保护土地，作为已在国会通过的《美国红岩荒野法案》的一部分，而不是哈奇-班尼特所提出的区区180万英亩。

工业组已作证完毕，他们的代表来自农业局及油气公司。接下来就是资源保护委员会了。第一个发言的是犹他州斯普林代尔市市长菲利普·比姆斯坦，他那里是通往锡安国家公园的门户。按规定有五分钟作证时间。菲利普讲到两分钟时，爱达荷州共和党参议员、参议院自然资源委员会主席拉里·克雷格吵吵闹闹地站起来嚷道：“这位就交给你了，参议员哈特菲尔德。”然后便走了出去。马克·哈特菲尔德是来自俄勒冈的投机分子。在这“权槌交接”的过程中，菲利普只好停下来。在一阵骚动过后，哈特菲尔德参议员盯着这座小城的市长，说道：“你时间到了——下一位！”

这不只是粗鲁无礼，简直就是对民主程序的蔑视。在听证会的其余时间里，哈特菲尔德参议员一直在看书。最后，我们基本上就是对着墙说话的，聊以慰藉的是我们的证词上了《国会议事录》。

我们失望而气馁地离开了首都。不难问出这样的话：“有什么意义呢？”

回到家后，好友及写作同道斯蒂芬·特林布和我碰面喝咖啡。我们聊到了荒野论证以及国会的遭遇。

“也许一个人的声音国会是听不见的，”我说，“但一群人的声音就能听见了。”我们先前一直在讨论做一本赞美犹他荒野的小册子。

“也许现在是时候了。”斯蒂芬说。

我们给友人发出了热情洋溢的信，开头就说：“我们需要您的帮助。”信接下来续道：“犹他州的红石荒野危在旦夕。我们正面临险恶的政治形势。我们知道您深爱犹他的荒野。我们请求您写下自己最雄辩、最美丽的文章或诗歌。我们会没法付给您报酬，但是我们需要在三周之后拿到您的稿子。”我们给二十五位西部作家写信，他们都亲身体验过美国的红石荒野。

奇迹出现了。三周后，我们从作家界收到了二十件原创作品，均出自热爱语言与风景的作家，其手笔也是一如既往的真挚感人。

这份名单里有约翰·麦克菲、巴里·洛佩兹、比尔·基特里奇、斯科特·莫马迪、安·茨温格、理查德·谢尔顿，以及美国桂冠诗人马克·斯特兰德。他们全都是美国文学界响当当的角色。犹他州国会前众议员凯伦·谢泼德也撰稿了。查尔斯·威尔金森贡献了他在水务法律方面的专长。玛蒂·缪里的文章也主要以荒野为对象，那年她即将迎来百岁大寿，也授权我们发表了她的一部作品。在年龄段另一头的是来自蒙大拿州亚科的里克·巴斯，时年三十七岁，一位活力四射的作家及荒野保护的积极提倡者。我们问杰出的历史学家、深爱犹他的 T. H. 沃特金斯是否能为集子写序，他欣然同意。

我们找到了封面设计师，同时也是圈中好友的特伦特·阿尔维，他慷慨表示要无偿效力于出书项目。我们从本地的一个基金会筹措到了 6000 美元，基金会由安妮特及伊恩·卡明发起，这对夫妇是犹他州环保事业的强大后援。我们用这笔钱支付了一千本册子的印刷费用。

我们组织起来的文章序列体现了最强有力的思想演进。我们必须速战速决。我们懂得作者小传对于表明其书写立场是很重要的。我们要求每位作家签上名字以强化集子体现出的团结和深刻。作家们的签名通过传真纷至沓来，忙得我们不亦乐乎。于是这些签名悉数登上封面，文集顿时有了强大的气场。

我们还加了一幅地图，列出《美国红岩荒野公民倡议书》（*Citizens' Proposal for America's Red Rock Wilderness*）所指出的全部荒野地带。我们两周内就拿到了书。我们称这部选集为《证言：西部众作家为犹他州荒野发声》（*Testimony: Writers of the West Speak on Behalf of Utah Wilderness*）。

卓越的工作让绝望之刑缓期执行。

南犹他荒野联盟是一家明智且充满战斗精神的草根宣传组织，帮我们把《证言：西部众作家为犹他州荒野发声》送到每一位国会议员手上。这便是合作以及群体间互助的威力。

9月中旬，我们在华盛顿临近国会大厦的“联邦三角办公区”举行了记者会。历史学家汤姆·沃特金斯发表演说，将《证言：西部众作家为犹他州荒野发声》与《这就是恐龙》放在同一政治语境中相提并论。华莱士·斯蒂格纳的那部文集意在阻止50年代国家恐龙化石保护区的格林河筑坝工程。国会众议员莫里斯·辛奇和布鲁斯·文托作为《美国红岩荒野法案》的联席保荐人也出席了记者会。他们公开收下《证言：西部众作家为犹他州荒野发声》，认定它是美国作家带到国会来的文学议案。他们承诺要把这些话带给同事们。他们生动有力地指出，荒野是我们与生俱来的精神权利，属于全体美国人。拉斯·范戈尔德参议员也到场誓言道，要将《证言：西部众作家为犹他州荒野发声》带到参议院，并挫败1995版《犹他州公共土地管理法案》。

《华盛顿邮报》的一位记者在会后找到了斯蒂芬和我。

“真是浪费时间，”他说，“国会要经手多少文件你们懂不懂？你们这么天真。这条路永远行不通的。”

我感到难以置信，准备好好跟他理论一番。斯蒂芬更冷静些。他对那个记者说：“写作永远是信仰之举。”

事实上，《证言：西部众作家为犹他州荒野发声》在国会里传开了。我还设法送给克林顿夫人一册，她答应把它转交给总统。

我们也把书送到了副总统戈尔及克林顿班子其他重要成员手中。

1996 年 3 月，1995 版《犹他州公共土地管理法案》终于呈递到了参议院。参议院进入了阻挠程序。阻挠程序需要的就是长篇大论。新泽西州参议员比尔 · 布拉德利站起身侃侃而谈：“恕我直言，哈奇及班尼特参议员，这些荒野属于全体美国人，并不只属于那些住在犹他州的居民。我想援引一下我的一位选民约翰 · 麦克菲的话：‘盆地，山脉，盆地，山脉……’”布拉德利参议员把约翰 · 麦克菲的整篇文章都读了一遍。其他参议员跟着开始读《证言：西部众作家为犹他州荒野发声》，他们在阻挠程序的整个过程中朗读了一篇又一篇文章，使参议院各个厅室的时间与空间里都充溢着对砂岩孤峰和方山的赞美。1995 版《犹他州公共土地管理法案》在参议院无疾而终。

《证言：西部众作家为犹他州荒野发声》如今已载入《国会议事录》。

六个月后，即 1996 年 9 月 18 日，威廉·杰斐逊·克林顿总统批准了“大阶梯－埃斯卡兰特国家纪念区”，将犹他州近 200 万英亩的荒野置于其保护之下。环保界观点鲜明，而总统选举期间的政治气候也较为昌明。之后，克林顿总统举着一册《证言：西部众作家为犹他州荒野发声》说道：“一本小册子做出了大改变。”

谁都无法知晓文学能有什么实在的影响，然而就在那天，假如人们向北方凝视科罗拉多高原的广袤荒野，他们就能够相信众声呐喊时的集体威力。

仪式结束后驱车回家的路上，我感觉自己仿佛就是《末路狂花》[①]两位女主角的姐妹，坐在她们淡蓝色的敞篷车里，头顶便是苍穹。只是我并非亡命天涯，也没准备驾车坠下断崖，我还能自由驰骋于仍处于蛮荒状态的辽阔旷野里。

① 末路狂花：*Thelma and Louise*，同名电影中的两个因过失杀人而逃亡于科罗拉多大峡谷的女子。

民主制度要求我们义无反顾地去说，去做。假如我们眼光长远，与友人志同道合，充满爱意地团结在我们称之为家的地方，我们就可以改变世界。

十多年过去了，《美国红岩荒野法案》如今仍踯躅于国会门口等待登堂入室，呼吁将920万英亩的犹他州荒野列入保护名录。我们的声音仍在边缘地带歌唱。

四十一

我蹲了班房，因为超速了，还用的是暂吊销的驾照。

我蹲了班房，因为我没钱付罚款。

我蹲了班房，因为待一宿也没什么了不起。

我蹲了班房，因为我脑子里有一部分认为我该如此。

里 面

三重门打开，又在我身后关上、落锁。我进了女监狱，里面有十二个犯人，跟我一样穿着橘色囚服。房间很拥挤，有七副双层金属制的床、马桶、水池、淋浴头，还有四张以插销固定的桌子，连着可以从下面转出来的椅子。墙壁是用煤渣砖砌的，刷成白色，没有窗户，只有几盏荧光灯。地面铺的是油亮的油毡方块儿。

女人们很年轻。我是最大的，比她们要大上几十岁。她们苍白而松弛。有的在睡觉。有的如胎儿般躺在床上面，脸朝着墙。有的在梳头。有的把卫生棉条想象成香烟抽了起来。谁也不说话，我也不说话。

一位副狱长把我带到分派给我的床边，吩咐我把自己的塑料盒放到床下。盒子里装了餐具、塑料杯、梳子、一双橘色袜子、牙刷、牙膏、四张横格纸以及一管细细的蓝墨水，比克牌钢笔用的那种。

我逐一了解到她们的入监原因：伪造、虐童、制售冰毒、诈骗。

我理解对诈骗的判罚。我是一个作家，现在要描写一个无论是谁都永远不能称之为家的地方。是时候了，得老老实实地打量一下这里的人：自私、自恋、超重、过分紧张。布鲁克和我都拿不出 2000 美元的罚金。欠债，否认现实。是时候打量一下我和家人的关系——破碎了。是时候承认自己已习惯于一种其实难以为继的生活方式。我已跟自己说过多少次，是时候改变自己的生活了。

女人在牢房里的声音是怎样的？“操你娘……操他

娘……操他们的蛋。”两个女人说。没有比骂脏话的女人更丑陋的了。

“‘操’真是个丑陋的字眼儿。我们需要清洁自己的语言。那样我们的自我感觉会更好。”

她们转身看着我：“我一直这么说的。”

“你看起来不像那种人。”

“我就是那种人。”

我正在爱达荷州卡里布县立监狱，和一群女人蹲监狱。我们在里面穿着橘色囚服，看起来都一个样子。任何人都可能会绊在恢恢法网之中，没有谁是纤尘不染的。但我也知道，即便明日庭审时戴着手铐脚镣，在开庭日确定之后我就自由了。我在监狱里的时日——虽然不算光彩——不过是一天，一夜，再加一天。而这些女人大多要继续坐牢，坐上数周、数月、数年。她们很清楚一旦进了这个系统，出去就难了。没有什么是公平的，无论出身如何，无论走运还是不幸。

晚上，当女人们多半已熟睡时，我听见狱中一位母亲在呜咽。她在狱中分娩，产下的小孩儿不给她抱就被立即带走了。她每天都要把食指举起好几次，想象着喂奶时宝宝紧握着她的情形。

“哭一哭也好，”另外一个女人对她耳语道，“我都想哭呢。”

剪断之翼。笼中之鸟。这里唯一的自由就是倾诉实话的自由。很少有人给出是非判断，因案子都已判过了。外面下的判决把我们送进了里面。于是，我们分享着自己的故事，无论对错。谁在乎呢？

我们唯一不缺的就是时间。

我们得到的只有刑期内的漫长等待。在我坐的地方对面的白墙上，有五个方形光块，此刻正向上攀升，如梯子般通往天花板。我在想越狱的迷梦不知是不是就是这样萌生的。

外 面

布鲁克等在外面，穿着橘色 T 恤以示心心相印。他拥抱了我。我整个人都软了下来。开车回家的路上，我们经过了怀俄明州的自由城。我凝视着车窗外的秋叶。“我最喜欢的颜色是红和黄，可我为什么讨厌橘色呢？”里面的一个女人问过我。我答不上来。

四十二

你能同时在里面又在外面吗?

我觉得这就是我的栖身之处。

我觉得这就是大多数女人的栖身之处。

我知道这是作家的栖身之处。

在里面写作。在外面拾穗。

我想重温一遍《路得记》。摩押人路得丧夫之后选择了离开娘家去陪伴守寡的婆婆、以色列人拿俄米，回到她在伯利恒的家乡。

“你往哪里去，我就往那里去。”路得说，“你在哪里住宿，我也在那里住宿；你的国就是我的国，你的神就是我的神。你在哪里死，我也在那里死，也葬在那里……”

路得的心声和誓言体现了用行动来表达忠贞的爱，希伯来语中的“hesed”一词用于赞颂仁善——犹太教的一个核心美德。此刻身处以色列的异乡人路得对拿俄米说：“我去田间，我蒙谁的恩，就在谁的身后面拾取麦穗。”

路得成了拾穗人，在田垄间拾取的大麦足以养活她们婆媳了。麦田的主人波阿斯是拿俄米的亲戚。他看到路得的恭顺之美，便嘱咐收割人多留些麦粒给她拾。他俩日久生情，结为夫妻。路得生下儿子俄备得，两个女人对他极尽慈母之爱。俄备得便是日后以色列大卫王的祖父。

《路得记》尊崇女人之间的忠贞相守。相互关爱，才能收获爱的果实。路得的同情心与勤勉孕育出真正的力量。一个局外人给她失去亲人的婆婆带来了同情，成了以色列最仁慈君王的先祖。这位君王，后来成了救世主圣童耶稣基督的先祖。

我们从其他女人的故事里拾取到了什么?

我从母亲日志的田垄间拾取到了什么?

我搜索着被遗漏的、忽略的、丢弃的细节。我要充分利用她在临终前后留给我的故事，发掘其中包含了什么，没有包含什么，去糠存谷，并细细咀嚼精华。

母亲用克制自己的声音来将声音赋予我，生前身后皆是如此。她的创造力主宰着自己的家。她的言说借助于各种行为，大部分都以安静而优美的形式出现。一封信。一顿饭。一次结伴而行的散步。触摸。她栖居在一块优雅的私人平原。

奶奶用宣扬自己的声音来将声音赋予我：快人快言，有时语惊四座。当布鲁克和我告诉她喜事临近时，她说:“太好啦！要是过不下去，你们总还可以离婚的。”

可我相信，只要自己每一刻都真切地在场并响应内心的呼唤，我便能够一直找到自己的声音。我的声音诞生在林林总总的不确定中。

四十三

爱让我找到了自己的声音，又使我得而复失。我能够触及自己的内心一隅，在那里迷失于恋人之手，疯狂且愚蠢，身不由己且狂热。我变成了野猪，一头扎进刨起的土壤里寻找着松露。

松露是有的，精美而丰腴，却为人间罕物。

在爱之中，舌尖于肌肤上写下湿润的字，在那闪亮的痕迹里，字母如隐形墨水般消失了，只留下了感觉。

不幸的是，最美丽的字句是无法写出来的。幸运的是，我们就不得不用眼睛，狂放的眼神，以眼泪，迷乱的凝视，以手上的皮肤去书写。

于是……

在爱之中，我低语着。

在爱之中，我哭泣着。

在爱之中，我哭喊着。

在爱之中，我呼吸着——我们一起呼吸着。

我们保持沉默，悬搁着。

在那些日子里，爱于我而言是一种艺术。

可是在爱之中，我也大加鞭挞，出言不逊，一张夺命刀子嘴。每逢此时，我便怒不可遏，像寻仇一般肆意虐着眼前人。爱就是屈辱。我要报复。若无法亲近，我就让你疲于奔命。我要你。我要你滚。我要你过来。我要你滚得远远儿的。

这便是我要你的方式：比起你也比起我更庞大又更渺小，更强势又更孱弱，更伟岸而更加颤抖；比我更透不过气，更灼热，更犀利，更莽撞，更跋扈，更忍让，更怯懦，更狭隘，更无情。

欲望通过身体来言说。做爱时，他的眼神捉住了我。从白天到夜里再到黎明，湿气升腾起来。寂静中只有持续不断的喘息声，随着肌肤来回地滑移而骤然化作呼喊。汗水混合着摩挲的甜腻与优雅的技巧。

这是“恋人的话语”。语言所掩藏的被身体说了出来。必要性。默许。只有我们。无可计量的两个人。将爱理解为疯狂。我们能做什么呢？都做掉了。永无可能。

原本她永不会说的那些事情（恰恰因为她顾及众人所能接受的限度），爱说了出来——毫不谦虚地，毫不拖延地，毫不足道地，毫不……

爱说：“……”

而他仍踯躅在入口处。

因为在爱之中，一切并非都是爱。

因为在爱之中，并非一切都是爱。

对于我的语言导师而言，她的话语就是我的话语，就是我的告白。于是，我就说：“谢谢你，是的，没错。”

“你腐蚀了我。”她说。

“我们相互腐蚀。”她说。

我们的戏剧便是，我们活在一种相互侵入的状态之中。

可我只是这样一个女人，认准了自己的职责就是不忘记。

我由另一个女人诞下。

女人是不能被满足的。

而我呢？我纵饮，我燃烧，我收集梦想。
而有时候，我也讲故事。

四十四

我母亲的日志就是一个爱的故事。爱与权利。她抒发出来的与引而不发的，全在于她自己的选择。爱即权利。权利未必是爱。两者都可以很残酷。两者都可以在可控时起舞。两者都可以变得有毒，让我们失控。然而临了，能够坚持下来并向我们昭示选择结果的，仍然是爱而非权利。我母亲选择我作为她的书页、那些空白书页的接受者。她把自己那些“静默的图册”留给了我。我永无可能知晓她的故事。我永无可能知晓她以什么也不说的方式想向我说的事情。

但我可以想象。

而这也不正是关乎爱与权利的美丽真实吗？

“我受的伤害大多因刻板印象而起。”这不是我说的。我抄来的。我不告诉你是谁写的。相反，我会宣称这就是我自己的文字，因为我已彻彻底底地占据其中，写下来的不能是别人，只能是我。

我们借用。我们偷窃。我们购得我们需要的，也买下不需要的。我们攫取物品、人员、地方，过程无一不在丧失自我。忙碌是一种分心的宗教。我没法和你谈心，因为要做的事太多。

我没法做想要做的事，因为正做着必须做的事。我是不是非得远离真实、准确、坚实之物呢？

至于话语，我们并没有使用自身实在、生涩的声音，而是盗取了他人的声音，来抵挡自己的恐惧。而我母亲的情况是，她让我来填补空白。这是我继承的遗产。

我就是我母亲，可我不是。

我就是我祖母，可我不是。

我就是我曾祖母，可我不是。

模式化行为如影与光一般交替轮换。爱中之痛便是一种模式，不断重复着自己，直至我们认定其是破坏性的。“此屋内，无人不曾经历过某种危机，无人不曾直面墙的苍白。”我们能够改变、发展并转换自己的境遇。我们能够选择如流水随意游走，而不要像陶泥任由塑捏。生活好比螺旋，此刻盘进，彼时又绕出，未见得只有一条路可走，一个真理可追，一种声音可循。爱不必非全情即空无。权利亦是如此。什么算积极肯定，又何谓消极否定，概无定数。

“放手吧——”每当我问她什么该留下，什么该舍弃，她就这样说。她的回答一成不变，无论是在说旧外套，还是我自童年起就割舍不下的布娃娃。

空白页有了种种可能。

四十五

读“女书”的文字，犹如寻觅飞鸟行踪，目睹牛群踏雪缓行。优雅的线形书法，相较传统的方块儿状汉字大异其趣。这是中国湖南省江永乡村流传于女子之间达数百年的秘密文字。

论其渊源，这种古老文字甚或早于公元前1600—1100年的商朝甲骨文。这种甲骨文被认为产生于一个崇拜鸟类的母系社会。其中鸟首图符用于表示女性头颅，意为女人与鸟的文字可互换、移形，刻于甲骨，是土地母神的古老象征，她掌管丰饶、永续与智慧。

“女书”萌发于不识字女子的语言，她们不能上学读书，而这种对女性教育的限制一直延续至20世纪。这种文字通过耳濡低吟相传于母女及密友——“结拜姐妹”，可以题折扇，绣腰带，或娟细地写在裹小脚的鞋内衬里。

“女书”的一位传人阳焕宜生于1909年。她解释女性如何用“女书”在男性话语之外自我表达。纸张由乡村女性手工装订，在上面写上“女书”，并作为礼物将书在女人之间流传下去。“女书”的内容多为自传体，时而质朴，时而深沉。作书人去世时，她的姐妹或闺密便将书焚毁，使之作为供品联结其文字与魂灵。

不离水井则无口渴；不离姐妹就有希望。

“女书”中有一类特别的所谓“三朝书”，是母亲在女儿的婚礼上写的，表达自己对女儿的爱，祝贺新人的结合，同时慨叹母女离别之伤。新娘生命中的其他女性亲友也在“三朝书”中添加自己的生活智慧。其中的空白页是留给新娘的，她可以在上面书写自我。它成了一种弥足珍贵的证言，用符码写成的另一种在江永女性间传递的秘密文书。

我母亲的日志便是以符码写就的。

“女书”被外来的语言学者在1981年重新发现。凯西·西尔伯对女性书写提了一个总体性的问题：“谁写的，写了什么，谁读的，谁在乎了？”

日本人在20世纪40年代侵华期间打压“女书”，恐其被用作暗码来对付他们。“文革”时期红卫兵也有类似的担心。

如今，用“女书”写成的原始文本已极其罕见，多已遭焚毁、流失或售卖。阳焕宜女士于2004年9月20日仙逝，一千五百个“女书”字赖以生存的鲜活语境也随之而逝。

女人一向用符码书写的方式来保护自身。“女书”的流传便是一种“恰如其分的女性活动”，只有在思想的内室越界到行动的外室时，它才会变得有威胁。埃莱娜·西苏写道：“当没有人站出来纠正我们时，我们必须学会说女人应说的语言。”

四十六

最亲爱的特丽：

明日将开启你和布鲁克共度的第一天。要保持二人世界鲜活有趣，生机盎然。女人的确可以成为婚姻中的兴奋因素，但这需要奉献许多无私的爱。我真心相信，上帝赋予女人的品质便是给予，给予，给予。只有当我们把自己献给心爱的男人时，我们才能真正容光焕发。

男人是很脆弱的，得指望做妻子的来维持“小窝”的安乐、美丽以及与生活的和谐相处，远离外面世界的喧嚣纷扰。

我祈祷你和布鲁克的姻缘将始终是对你们的挑战。记住应当互补而非互耗。

特丽，谢谢你在我们家营造了如此充满爱的氛围。有机会成为你的母亲，我感到如此幸运。这是多么美好的关系啊：从母女，到最亲的闺密，再到如今两个爱着丈夫的女人。你让我的生活丰富多彩得难以形容。我深切盼望你有自己的子女，并体验到我俩那种分享一切的喜悦。

我并没有觉得你离开了这个家，而只是感到庆幸，因为我们又多了一个美好的人。

请明天带着这份礼物去圣殿，并且要明白在怀揣着它的时候，你就拥有了全家人的爱。我们都如此爱你。

愿这一个神圣日子成为对你和布鲁克的永恒祝福。

母亲

1975 年 6 月 1 日

她在信封上题道："怀着挚爱写给我特别的女儿。"

信封内还有一条白色蕾丝手帕。

我母亲的日志便是白手帕的集藏。

布鲁克和我结婚快四十年了。婚姻是各种风景线中最私密的部分，也是最苛刻的，假如夫妻双方仍想保留个性与平衡的话。你们如何在日常家居之中，保有对各自所存的狂野心性的尊崇呢？

"要保持二人世界鲜活有趣，生机盎然。"母亲提出了挑战，但没有说怎么做。

在观察父母婚姻的过程中，我开始相信其活力的源泉在于他们共度的时光：长长短短的旅行，周末的外出活动，在广袤西部驾车远游时分享的话题。他们在孩子之外拥有自己的生活，而我们做子女的也很明白。

在布鲁克和我的婚姻中，我相信活力来自我们各自度过的时光。

里尔克给了我们一张地图："爱是这样构成的，两个孤独的人相互保护、触摸、问候。"我需要孤独。布鲁克需要自由。在走到一起时，我们就完整了。

然而，有时候，当我们需要分享去过何处以及自己的状态时，我们两人之间的距离会变得过于遥远，词句也不足以表达心灵了。

我从未像在婚姻中那么孤独。我也从未受到这么多关注和呵护。爱情其实与之并无多少关系。婚姻更像砂岩而非花岗岩，与犹他州南部的地形相似：山峦、峡谷、高原。风化作用创造出了仿佛用红岩打造的窗户、桥梁和高塔。美随着时间流转而变换，且并不乏破坏力。

风景是灵动的。婚姻亦是如此。布鲁克和我都有了改变，并改变了彼此。被冲刷侵蚀掉的与剩下的部分同等重要。

对布鲁克和我来说，剩下的部分便是交谈以及我们对思想的共同热爱。我们永远停不下对野生与桀骜之物的热爱，包括我们彼此。我们相互抚养，一同成长。作为夫妻，我们孕育出彼此，既作为恋人，又都是流亡者，挣扎在一种同我们天性格格不入的文化中。芳华之年怒放的烈焰，在年届五旬时又有了别样的炽热。如今，这熊熊大火更深沉，更完满，与青春岁月一样浓稠，一样充满惊奇，因为我们尊重由来已久存于彼此的空间。布鲁克对我而言神秘依旧。

大苏尔是我们经常重返的度假胜地，秃鹰、怪石、惊涛和温泉随处可见。有一次，我们去的时候正下着雨。我们待在朋友的小乡舍里。我们点起蜡烛，沏好茶，然后读书——你向往的那种日子，舒适、恬静、梦幻一般。可是晚饭过后，我们变得不安分。布鲁克提议来做个美工。

“我们用杂志来剪纸吧。”

我哑然失笑。

“别这样，我可是认真的，”他说，“做张拼贴画，展示一下此时此刻我们的样子。”

我迟疑的样子把布鲁克逗笑了。

“别去多想，”他说，“只管剪贴吧。”他拆开车里的一只装运食品的纸箱，一切为二，“拿着。”

两人你追我赶的阅读习惯使我们带来了很多杂志，材料是足够了。于是我们各划出地盘坐在地板上，开始剪杂志：《奥普拉》（*Oprah*）、《猎户座》（*Orion*）、《名利场》（*Vanity Fair*）、《人物》（*People*）以及《纽约客》（*The New Yorker*）的过刊。小屋里有几本《国家地理》（*National Geographic*），我们也擅自拿了过来。

布鲁克斟了两杯葡萄酒。我更换了白天燃尽的蜡烛，重新点上。在摇曳的影子与淅沥的雨声中，我们忙得不亦乐乎。

在两个小时里，我们准备着各自的视觉叙事。我会看一眼专注创作的布鲁克，他也会在我贴出某个短语时与我对视一番，谁也不说话。我们终于完工了。

我们欣赏彼此的拼贴画，那是借助图像和词句体现的层层自我。我们相互诉说故事。我对于布鲁克内心的去处一无所知。不过他的拼贴画把所有我想知道的都告诉我了：泥塑的身体，双手似乎在燃烧，双脚则是用须根做的。我尤其喜爱那乌鸦的脑袋。

玉湾。海胆滩。大苏尔。大火过后六个月了。大自然是能够发声的，而且常常蛮不讲理。浪头拍碎在海岸边，水沫子簇拥在我的脚踝周围。在这个美国的边缘地带，有着我所追寻的连续性。

一波波晶莹的碧浪从亚洲远道而来，轮番涌上沙滩。

东方。西方。

布鲁克沿沙滩朝我走来，运动衫搭在一只肩上。如若要写我们的婚史，我会写在这里的沙地上。沙地上没有什么是一成不变的，就像我用水写在纸上的海浪之书。

爱如潮——是我们伴侣关系的本质——高潮、低潮——欠损与丰盈，总是和月亮联系在一起。此处，此时。今早，我们就在橘黄色的月光中醒来，它悬浮在地平线之上，像摇篮，似小船。

小屋栖于褶皱悬崖之上。我们起身走出来，看着月亮在晨曦中淡去。

手就是抚抱身体的海浪。

做爱就是造浪——一波接一波——载着我们更加深入，到那忘却与记忆的潮涌里，后撤并返回我们活着的缘由之中。

躯体便是浪潮的飞沫……知之者尚能循路前行。

——《法句经》

我的道路由浪潮化身而来。

我的婚姻是被我当作秘密揣在口袋里的石头，接地气之源，又是我能掌控的秘诀。

假如我的婚姻是秘密，它也宽广得足以承纳其他秘密，那都是我已懂得不能告知他人的。这就是亲密关系的本质：谨言。

后来布鲁克和我争辩，那些正栖歇在岩石上的长腿白鸟究竟是大白鹭还是牛白鹭。布鲁克说是牛白鹭。我说是大白鹭。我说我有理。他说他有理。我们返回屋子后要去查一查彼得森的《西部鸟类图鉴》，毕竟是这本书为我们牵了线。

四十七

当我想凝望自己灵魂最深远处时，就手写下一个句子，接着再写下一句覆盖其上，然后再在上面写一句。整个段落都叠在同一行里，其他人都读不懂。那才是重点。有时在餐厅里，我可以把纸餐垫的正反面写得满满的。在飞机上，晕机清洁袋成了我的画布。什么都行：名片、收据、纸巾的背面、任何纸片。有个朋友说这是病。我说那是我的告解室。

我给这种书写取名“叠叙”（repetation）。我不是一个人在写。德国现代主义作家罗伯特 · 瓦尔泽早在 20 世纪初便乐于“微书写”（microscripts），其文字几乎难以译解。人们说他的“极细铅笔字”每个字只有一到两毫米高。

两英寸高、二又四分之三宽的文本里仅能容纳113个单词。他蝇头小楷般的书写，反倒把他从如椽巨笔中解脱了出来。

苏珊·博诺夫斯基如此评价他的笔法："一行行着了魔的文字，爬过一页页小小的纸张，如同一排排蚂蚁……就像是在睡眼惺忪或站在远处看着报纸上那种刚刚成形而又单调的印刷字体。"

瓦尔泽的书写被称作"困惑的美学"，并非意在留守什么秘密，而是要表现一种微缩的*Kurrent*[①]字体，其根源可追溯至中世纪，在瓦尔泽时代的德语国家中颇为流行。

1929年，罗伯特·瓦尔泽被当作精神分裂症病人送进瓦尔道疯人院。他的书写成为禁闭他直至去世的众多诊断依据之一。我想，他的微书写并不是疾病的生理显现，而是一种让他得以去体验的美学选择，一种不仅解读思想，更解读自己灵魂的另类方式。

"愿我的词句能够逐一浸润在深思熟虑之中，直至语言涌诸笔端，深沉如黑丝绒，无一音节虚掷……"

有一段微书写题为"存心弃做雅人"。假如我们采用了个人化的书写，哪怕是秘而不宣的，我们也就从对完美

① *Kurrent*：德语，概出自单词Kurrentschrift，意为手写体、行书、草书。

内容的需要中挣脱了出来。我们游离出了社会道德。我们用自己的钢笔——或对于瓦尔泽就是他的铅笔——踏上了坦诚的探究之路。

“铅笔书写法对我而言意义重大，”他写道，“这几行字的作者曾经对钢笔深恶痛绝，我都没法说他对钢笔有多么厌倦；弃之不用的那一刻他也的确成了不折不扣的傻瓜；为了摆脱这种厌钢笔症，他开始使用铅笔，写写画画什么的。有了铅笔的帮助，我能更好地娱乐、写作……”

我握着钢笔的手则在内心的丛林里跋涉，在其下层四处蔓生的思想荆棘里斩剁。我的黑色笔迹回过头来又找回自身，边创造边践踏——语词才露尖尖角，便有新句跨上头，而我正是借此释放了自己。我写下“叠叙”的那一刻便是向自己敞开真理之时。就在这叠床架屋的过程中，一条道路被开辟出来了。我明白了要去何方。这些转瞬即泯的段落一旦被盯上，连我自己也没法破译。它们成为需要重新想象的符码，其意义存在于混淆含糊之中。这里有一种书写的艺术，却并非总是昭然若揭。行为本身便可具有美丽、启示及私密的意义。

“存心弃做雅人，去动摇他，仿佛他是一棵蓬乱的树，只生着孤零、颤动的枝叶。这份心思似乎一直搅动着我。”

也正是这样的颤动才让我醉心于此种神秘的书写。我经常一写好便把纸张撕得粉碎，撒在花园里。但愿我母亲能早一点知道我是她的姐妹而不是女儿。

四十八

门敞开着。我的眼睛适应了一会儿才看清。屋子里，圣母玛利亚刚知晓自己神灵受孕，手护心口；天使加百利执百合跪于前；一束采自花园的粉红玫瑰装点着圣坛。我在木长椅上独坐良久。在去往多尼尼路上的这座意大利小教堂里，除基尔兰达约（Ghirlandaio）的画中人物外，空无一人。据说但丁也曾造访过这里。

我在告解室里跪下。红绒帘子后面没有人，漏墙之间空空如也，可我就想体会一下此间的情形。某种新奇感。我身体的重量压于膝上，将脸颊靠着原本神父会侧耳倾听之处。

“我为什么要告诉你呢？”我低语道。

这可不是我原来想说的话。背离了一种正统就意味着背离了所有正统。荒疏了太久，我早已不惯跪在这么硬的地面上，便缓缓起身走向圣坛，玛丽亚正迎着天使的目光。我点起一支细长蜡烛，插在扇贝形铸铁烛台上。圣母玛利亚容光焕发起来。她裙袍上的金色图案仿佛只为照亮而不是为了留下什么印象。烛焰增强时，教堂变得更暗了。我盯着火苗。我闭上眼，可那火焰仍显现着，安静而庄重。我回忆起一位诗人也是在此情景下吟咏的一句：“此刻，你已看见永恒。”

四十九

感觉像是一次宣示。它并非什么决定。算是我最恐惧之事的开端吧：由爱而失去自我——天真无邪地，自觉自愿地，走火入魔地。那是一种命运安排的精神湮灭。在肉体上同样如此。

五十岁时，我与丈夫布鲁克一起，接纳了路易斯·加库姆巴（Louis Gakumba）。我们为他在美国建起了家园和家庭，他同时也接受了高等教育。他二十四岁，是一位刚果王子的后代，曾在卢旺达给我做翻译。有些东西是无法被翻译的。

我与路易斯的一切关系都出乎我的意料。

以下便是我想告诉你的：

罗兰·巴特说："无法命名的东西，都是一种烦心。"

"要让女人满足是不可能的，"一位朋友说，"生孩子太早，我们烦心。生迟了还是烦心。干脆不生孩子吧，照样烦。"

我不是路易斯的母亲，可是我成了母亲，这是一个无言的契约，永远都是脆弱的。我的眼睛不由自主地总是瞟向钟，昼夜不分，想知道他在哪里，是否安全，是在路上还是在家里，吃的东西够不够，身体好不好，还需要我寄什么东西。我们的关系有多久了，是否符合习俗、体统，这些都不重要，我们是在用心去受苦和感知。

卢旺达人有句口头禅："他心好。"何以知道呢？我们通过一个人的声音来了解他心地如何。不只是发音，虽然发音也有提示作用；也不单是语句，虽然语句也有意义呈现。我总是通过一个人说话时透入我身体的语调与情绪来感知其心意。

"你一旦懂得你拥有了一种声音，"路易斯说，"那声音就不再重要了，重要的是声音背后的东西。"

路易斯提升了我的倾听质量。

在卢旺达，据说一个人的静默是能听见的，声如狮吼。

五十

那时我们在墨西哥。布鲁克在小屋里读书。我浮仰在屋外的泳池里，白头翁也在那里戏水。我望着云朵。路易斯望着我。他踏进清冽的池子。他对学习漂浮很感兴趣。

“信念使然。”我说，同时手臂伸展着继续仰面浮着，如同漂在水上的一个“十”字。随后我立起身，水波在我腰间荡漾。“只要放松就行了，往后仰，看着天空。”他朝后仰去，我的手伸到下面托住他的脊背，于是他浮了起来。他身体很僵硬。他呛了几口水，咳嗽着，抽动着，赶忙缩起身子站了起来。他不能自已地发抖，出了泳池走进屋里。

路易斯说：“别谈这个了吧。”

我说：“你想让我不吭声。”

他说："我跟你说得太多了。还是安静些好。我在迫使自己回到以前的状态。"

"你回不去了，"我顿了顿，"言语有办法——"我没再说下去。

"有办法干什么？"他问。

我走开了，看着棕榈树的影子在我们住房的白色泥灰墙上摇曳，颤动。

"你的声音就是你最狂野的地方。"布鲁克对我说，"你却拱手相让了，自己还看不出来。痴迷蒙住了你的眼睛。"他很生气，说话言简意赅，"你要迷失自我了。"

已经过了半夜。路易斯和我原本一直坐在门廊里聊天，此刻正准备回屋子找布鲁克，却看到沙滩上有一束光。布鲁克的头灯。他正跪着，用在海滩上收集的塑料品做一尊塑像。它有点儿像一座沙堡，更有高迪[①]的风格，而不是迪士尼那种：一只粉红拖鞋充作吊桥，洋娃娃的一条胳膊成了炮塔。五颜六色的瓶盖嵌入沙墙，创造出马赛克的效果。牙刷便是一面面飘扬的旌旗。他默不作声。他想说的都说了。

① 高迪：Antoni Gaudi（1852—1926），西班牙著名建筑设计家。

浪头打过来，淹没了城堡，再迅速退去。布鲁克并不气馁，继续修建他的城堡。

我站在沙地里，海水漫过了足踝。我来过这里。我没有经历过的，是和路易斯在一起体验到了对一个生命的责任感，一个已然茁壮成长起来的生命。我完全聚焦在能够吸引我注意力的事物上。路易斯吸引了我的注意力。我用胳膊抱住自己，颤抖着。

“谢谢你。”我说。

布鲁克看了看我。我确实被蒙住了眼睛。他关掉头灯。我在他身旁的沙地上跪下，一同修补着被损蚀的部分。

时值冬至，也正逢月食。布鲁克和我还有路易斯站在唑唑虫鸣的丛林边缘，目睹太阳吞噬着月亮。终于，月亮变成了一个熟烂的橘子挂在天上。阴影缓缓消散，正如它当时缓缓地降临，于是我们看着月亮复归一轮皎洁的玉盘。

假如在奇琴伊察的太阳庙前拍手，便会有克沙尔鸟的啼声回应你。不只是回声。玛雅人修造的是一座信仰建筑。

克沙尔鸟，众神之圣鸟，从未曾离去。它隐忍着不出声，直至有人召唤。

毁掉离散的句子，留着很危险。

我告诉丈夫，生活依信仰而为。他说，不，生活其实是一种选择。

我母亲的日志既依信仰而为，又是一种选择。

五十一

“您的影子可好——您尊贵的身影？”在日本，朋友之间习惯这么打招呼[①]，证明我们所摒弃的其实与我们所信奉的一样重要。

身后的影子随我而行，有时走在前头，常常伴于侧面。这同伴挺任性：一会儿露头，一会儿又躲起来，来去无踪。影子绝不是在黑暗里创造的，而是生于光明。我们可以无视它，也会遭其无视。我们的影子让我们去看那些不想看的东西。假如我们拒绝面对自己的影子，它就投在别人身上，于是我们别无选择，只得将就。

① 日本人寒暄中“托您的福”里有个“影子、阴影”（かげ），意思可理解为在您的阴影庇护下（如影随形地关照着我，让我一切都好）。

我母亲的日志是投影屏。

我母亲的日志是炫目的光。

我母亲的日志是耀眼的真实。

我母亲的日志被漂白了。

我母亲的日志消过毒了。

我母亲的日志很干净。

我母亲的日志就是干净的纸张。

我母亲的日志是投诚的白旗。

我母亲的日志看得见幽魂。

我母亲的日志听得见声音。

我母亲的日志闻得出欲望。

我母亲的日志触摸到了永恒。

我母亲的日志是一种慈悲。

我母亲的日志是一种残酷。

我母亲的日志是剪纸。

我母亲的日志是盐。

我母亲的日志是用包扎伤口的纱布做的。

我母亲的日志是薄薄的帘幕。

我母亲的日志是舞台。

我母亲的日志是刷白的幕场。

我母亲的日志是从没有付梓的计划书。

我母亲的日志是从没笔录的评论。

我母亲的日志是作家行进的路障。

我母亲的日志是作家思想的诞妄。

我母亲的日志是她虚华的流露。

我母亲的日志是其华发之色。

我母亲的日志是她抹在面颊上的面霜。

我母亲的日志是她的烤瓷牙。

我母亲的日志是她的防晒乳。

我母亲的日志是栀子花的芬芳。

我母亲的日志是飘荡在纸页上的语词。

我母亲的日志是云。

我母亲的日志是骨。

我母亲的日志遭窃了。

我母亲的日志是天堂的大理石雕像。

我母亲的日志是米开朗琪罗的大卫像。

我母亲的日志是格特鲁德·斯泰因的玫瑰。

我母亲的日志是她赢下的网球赛。

我母亲的日志是台球赛上的开场球。

我母亲的日志是尚未铺好的白桌布。

我母亲的日志是尚未穿上的白罩衣。

我母亲的日志是洗净折好的尿布。

我母亲的日志是洗净熨平的T恤。

我母亲的日志是始终没有写下来的字词。

我母亲的日志是她眼泪的剪贴簿。

我母亲的日志是干冰。

我母亲的日志是一场恶作剧。

我母亲的日志是一种取笑。

我母亲的日志是一个谜。

我母亲的日志什么也没告诉我。

我母亲的日志告诉了我一切。

我母亲的日志是“嗒、嗒、嗒”的敲门声。

我母亲的日志是回文，向后向前都可读。

向后向前：我有个朋友，曾经就是我妹妹。我们现在不怎么说话了，可她时常出现在我的梦里。我想着她。前些天我还找到了她写的一封很漂亮的信。我想念她。很想。死亡分开了我们，死亡的牺牲品就是我们的关系。我们在深深的痛苦中相杀，于是亲近的记忆已荡然无存。而此刻，我哀悼着另一场死亡，我们友情的死亡，又一次损失，又一处创伤，无言以述。

我们作为女人对彼此犯下的过失就是缺少相互支持。我们受伤害。我们相互伤害。我们躲藏。我们规划。我们变得沉默或者表里不一，我们内心如正在煮沸的水一般越来越闹腾，直到有一天像间歇泉那样喷发出来。我们可以在悲痛中尽释前嫌，我们难道忘了吗？我们之间可以淤积如此多的东西，尤其是在沉默中。最单纯的误解随时间的推移也能成为猜忌。我发觉如果想治愈破裂的纽带关系，最需要的就是在一起共度时光，而我所要逃避的正是自己最渴望的。

没有表达的情感总会在某处以某种方式被表达出来，或内在或外在，极度冷酷，如同面带微笑或是奉上一杯毒茶，不经意间便痛施杀手。

“并非过失本身有着阴影，而是意图……我们行径背后的意图，或内驱力，或动机。”埃丝特·哈丁在其出版于 1941 年的随笔《影子》（*The Shadow*）中写道。

我犯下的过失是信奉的过失。我奉行了各种与我自小接受的教育不符的信仰。可是渐渐地，这种对过失的界定反倒让我自得其乐。我眼前有各路神仙，数量还不少，可没有一个是端坐在天堂镶金宝座里的男性白人老者。叉角羚在我看来就有神父的权威，而隐居鸫正是用天使的嗓音歌唱。

我的离经叛道不计其数，有无心为之，有存心而为，疏忽、蓄意之过兼有。我的钢笔可以伤人于无形，我的文字能够炙灼如烈焰。我懂得如何销声匿迹。可是救赎始终是有可能的。我祈祷。我忏悔。我饶恕。我被饶恕。我记日志，使自己能与自己的影子对谈。我也相信一个充满爱的社会是可以创造奇迹的。

我母亲的过失（我真讨厌这个字眼儿？是我的影子在说话吗？）是什么呢？

我母亲的过失在于她的秘密。也许，她有许多秘密，满满三书架。她的秘密用那些个无文字的古奥日记簿完好保存着。

玛雅人很肯定，你可以站在舞厅中央，说出你的秘密，唯一能听见的人就是你意欲倾诉的那个人。这是一种真实的建构，而不是声音的变体。

并非什么说出来的话都要让所有人听见。

谁能够判断别人的意图？

我母亲的日志背后是什么意图？

我母亲的日志要求我翻过这一页。

我又回想起在牢房里遇到的那些母亲，临睡前抓住自己的手指哼着摇篮曲，想象着她们的宝宝——她们给予生命却从未搂抱过如今已被收养的孩子们。

我母亲的日志已被我收养了。

发声未必需要写作。一个母亲通过几代人和子女们说话。

五十二

影与光便是能让我们双膝跪下的子女。即使如此，祷告也可以很短。有时只需一首歌。我们站起身。我们手指蜷曲，我们手紧握在一起，我们想攀上女高音的最高音符。我们所达到的音区简直可以震碎玻璃，它时常还是很动人的，但更多时候却显得荒诞，这并非戏剧，而是歌剧。

我母亲的日志是一部歌剧。

年岁赋予我咏叹调。歌剧是一种视角，是歌唱的观点。我感到开心。荒诞的歌剧是一种极度的呈现，陈词滥调乱弹，没有什么是不可以越界的。不存在过激之举，也不存在微不足歌的境况。歇斯底里也属人之常情。歌剧让我快乐，因为它使我的生活相比较而言还是显得很平静。而歌剧的全部真谛便在于对比。

歌剧里的人物，爱上非分之人，害了善良之辈，而又宽恕了没有善待他们的人。他们逾矩越界。他们用情节和表演来传达动机。音乐与歌词魔法般地结合，交织成错综的故事之网，我们深陷其中。

当歌剧实现其最高诉求——感动我们时，我知道没有哪种艺术形式能够如此强烈地叩击我的心灵。冬日的一个下午，在新罕布什尔州汉诺威一家座无虚席的剧院里，我和一群不认识的人一起观看《玫瑰骑士》（*Der Rosenkavalier*）——理查·施特劳斯关于阴差阳错的滑稽歌剧。美丽而青春渐逝的玛莎林向她年轻的情人奥克塔维安诉说岁月荏苒，我不禁动容落泪。不只我如此。大家无声地传送着舒洁纸巾。

“歌剧的力量在于警告你虚度了生命。”韦恩·克斯坦鲍姆写道，“你不能随心而动。你苦于一种发育不良的间接存在。你压抑了激情。同歌剧所表现的宽广、深沉、繁茂及恣肆相比，你就知道自己的举动是多么渺小，你的肉体是多么贫乏；你只用上了自己身体天赋的零头，你的歌喉紧闭。”

还有什么艺术领域能见证并掌握假声这个词呢？“声音在那个发声地带走了样儿……赏心悦耳，却并无冠冕的名声……真实的幻觉。”克斯坦鲍姆说。他誉之为“声线上的化装舞会”。

我母亲的日志就是假声，声线上的化装舞会。

歌剧是一种奇技。

我母亲的日志是一种奇技。

歌剧要求我们对眼前的情景全神贯注。“一片盛大的竞技场，势不两立之物在此角逐：音乐与文本，庄严与低俗，空灵与世俗，耳闻与目睹，新潮与守旧，生者与死者。”托尼·库什纳说，“歌剧早就该灭亡了……”

可是没有。

父亲陪我去苏黎世，我们在那儿看了理查·施特劳斯的歌剧《没有影子的女人》（*Die Frau ohne Schatten*），此剧被奉为“歌剧中的珠穆朗玛峰”。他说：“只要有中场休息时间，无论什么我都可以忍受四个小时。”三幕戏中有两次幕间休息。

《没有影子的女人》取材童话歌曲，由诗人胡戈·冯·霍夫曼史塔完成剧本，可以被视为一个女人声音的变奏曲。

故事是这样的。

有两个女人：一个没有影子，居于“灵域”；另一个有影子，住在人间；一个嫁给了皇帝做了皇后，另一个则是染布匠的妻子。

皇后没有生过孩子，也投不下影子。如果她三年内找不到影子，丈夫就会变成石头。发起诅咒的是红隼，正是这只红隼在皇后是一只瞪羚时（她能在森林里变身）袭击过她。当时，皇帝正在林子里打猎，被她的美貌所折服，也害怕会失去她，便把她关在上锁的笼子里。

有一位奶妈侍候皇后，她们一起下凡寻影。她们乔装成低贱的仆役，找到了染布匠的妻子，她和丈夫在一起感到很不快乐。她厌倦了房事也不甚满意，觉得丈夫不是为了愉悦而只为传宗接代。奶妈蛊惑染布匠的妻子做笔交易：假如她放弃做母亲也不要影子，就能一生荣华富贵且不乏床笫之欢。

第二天，奶妈又找到染布匠的妻子，还带来皇后作证。她施展魔法，让她看见滚滚钱财及情夫的魅影，用以交换她的影子。染布匠妻子迷上了这充满欲念的幻象，以为这就是通往财富与快乐的道路。她厌倦了无趣的丈夫和惨淡的生活。

与此同时，皇帝一路追踪红隼，森林将他引向了妻子和奶妈暂住的楼阁并暗中监视。皇帝嗅到了皇后散发的凡人气息。人神混杂是绝对的禁忌。他怒火中烧，想杀了她，但无法亲手加害所爱的女人。

在凡间的奶妈给染布匠施用了催眠剂，趁他熟睡之际，使出最后的巧言利舌，求染布匠妻子用自己的影子换取一生的寻欢作乐。留给皇后的时间不多了。

在抉择中纠结的染布匠妻子还是拒绝了。她愧疚于之前的幻想，便叫醒染布匠，向他吐露说，她险些为了能骄奢淫逸而出卖自己的影子。妻子的坦白感动了染布匠，他向她求欢，而她又心生厌恶，因为她意识到丈夫要她只为生孩子。

那个夜晚，住在森林楼阁里的皇后也因内疚而备受折磨。她损害了染布匠夫妇的良善，逼他们陷于张皇与不义。皇后在目睹其挣扎时喜欢上了他们。她无法夺走染布匠妻子的影子。她宁可自己的夫君变成石头。

到了第三天，染布匠妻子向丈夫谎称自己有通奸行为。

她谴责日后才降生的孩子，她知道那是染布匠最大的愿望，并告诉丈夫她为了淫乐而出卖了自己的影子。

奶妈得手了。皇后能有影子了，皇帝也将得救。然而皇后注视着这一出戏。她看见他们的苦痛。染布匠忍无可忍，盛怒之下想杀了妻子。皇后飞身抢在两人中间想搭救，为自己造的孽心如刀绞。她不想要一个沾满鲜血的影子。从未见过丈夫情绪爆发的染布匠妻子再也不能硬起心肠。她告诉他是她在撒谎，只是想看看他是不是在乎自己。她没有越轨也没有出卖影子。就在两口子准备拥抱时，“灵域”和“人间”撞在了一起。染布匠的房子轰然被地面吞没。

在《没有影子的女人》的最后一场里，染布匠和妻子在“灵域”漫无目的地流浪，寻不到彼此。他们在失落中饱受爱与悔恨之苦。皇后和奶妈来到神庙入口，被内疚与惊惧折磨着。她俩站在生命之水和死亡之槛的交汇处。奶妈害怕皇后的父亲即老国王会降怒于她，因为她让皇后接触到了凡间。与此同时，皇后感到那临近的诅咒会把国王变成石头，而她对影子的欲念又危及一对凡人夫妇和她自己的丈夫。她断绝了与奶妈的关系并投身凡间。那对夫妇的苦难彻底改变了她，她甘愿牺牲自己来换取他们真实而有意义的生活。在凡间，她见到爱与生活的自由，即便其中不无痛苦。而在“灵域”，她则受着皇帝的囚禁，不过是他的财产罢了。他们奢华的生活并不能给她自由。

正当奶妈因欺瞒诈骗而被红隼逐入冥界时，有个“精灵信使”请皇后喝生命之水，告诉她，如果喝了，染布匠妻子的影子就归她了，皇帝也不会变成石头。

“精灵信使”递给皇后一只盛满了魔水的金杯，怂恿她喝下一大口。她隔着汩汩的气泡声听到了失散夫妇寻觅彼此时的悲哭。刹那间，皇后感到了剧烈的痛楚与明澈，她大呼：“我不喝！”

泉水不见了，转瞬间，一条影子拖在她的身后。

红隼现身，诅咒解除了。皇帝逃脱了石化的命运。他体会到了妻子的力量，第一次把她看成自己以外的个体。皇后经受住了这场强加的考验。她听从了自己内心的声音并宣示了这一声音的力量，从而找到了自己的影子，并将丈夫从诅咒中解救出来。

皇后奋不顾身地反抗命运，拒饮沾了痛苦的鲜血与堕落的魔水，这些都使她转变为一个真正的人。勇气诞下她的影子，而她用影子找到了属于自己的声音。有了声音她便唤出了正直。染布匠与妻子得以重聚。他们尚未出生的孩子发出了欢呼。世间恢复了祥和。

皇后和皇帝、染布匠与妻子迎来了黑暗与光明的融合。和平有了昭告，喜庆无所不在。他们一起投下的影子造出了聚合之桥。

我父亲完全沉浸其中。我俩都是。在整整三个多小时里，我们都深深沉浸在这部童话里。我能在每个角色中看见自己：控制者与受制者；特权阶层与被压迫民众；没有影子的女人与不珍爱影子的女人。神话用自己的方式把潜意识引到表层，并以能够理解的面目示人。

我的内心似有什么自行纾解开来了。

每当红隼出现，那振翅之声便以长笛来表达。《彼得与狼》让我有所准备。随着同一段音乐小节的反复出现，它们变成了观众的堆石标，引领他们走在故事小道上。不断重复的音符成为我在这个虚幻的世界里的落脚点。起初看似无序的主题最终演变为华丽的乐章。

施特劳斯的演绎成就了音乐诗，在剧中人物悠长不断的咏叹调与二重唱中得以创生和延续。歌词化作了纯粹的感情。我的精神翱翔着。

假如我告诉你，当我张开嘴时一只鸟儿飞了出来，你会相信吗？

我父亲也同样被打动了。他趁一次场间休息罕见地向我倾吐道，由于母亲强大的气场，他很少说话。不需要说话。她罩着他。直到她去世后他才开始涉入社交。

“别人说黛安死后我变得爱交际了。”他说，“现在和朋友来往得也多起来。”他顿了顿，“我从独居中学到了许多。要是听说谁失去了配偶或孩子，我第二天就会登门慰问。我说什么不重要。重要的是我去了。”

父亲更积极地参与到我们的生活中，声音也柔和了很多，这和我们自小认得的面冷心热的他并不一样。爷爷杰克也是如此。奶奶去世之前我们还真不了解他。

我们一起倾听着施特劳斯时而悲吟心碎，时而凯歌高奏的乐曲。不仅如此，我们还能够感知存于我们内心的对人性状况的完满体认。我希望能握住他的手，可是我不敢。饱含浓情和信念的歌唱表现了霍夫曼史塔那宏大剧本里所蕴含的激情与苦痛。

歌剧结束时，父亲和我从包厢里并肩起身热烈鼓掌，目送幕帘徐徐降下。

我母亲的日志是戴着白手套的鼓掌，

每打开一本，都是在请求返场。

神话能让现实更易懂。

——詹妮·霍尔茨

我母亲的日志就是一个神话。

五十三

我母亲把她的日志留给了我，而所有的日志册都是空白的。

我母亲的日志是与我一起跳的影子之舞。我是一个嫁给了文字的女人。文字投下了影子。没有影子就没有深度。没有影子就没有实质。如果没有影子，就意味着隐形。

只要有影子，我就还活着。

只要我有影子。

“没有影子的女人”美其名曰“皇后”，其实不算是一个人，只是“灵域”里被丈夫关起来的囚徒。总有什么囚禁着我们。

我母亲的囚笼就是她被规定要担当的角色。

我母亲是担当角色的。

很多角色。

母亲名叫黛安·迪克逊·坦佩斯特。我没有什么避讳，就这么直呼其名。她在日志里没有提到过，但确实给家人写了许多信，还把自己在教堂里的演说也保存了下来。

当她推动自己所支持的《平权修宪案》时，她在救济会（Relief Society）[①]上对姐妹们侃侃而谈：

女性教育至关重要。我认为现在比以往任何时候都需要专门知识和勇气来塑造一位得体的女性。摩门教的妇女没有理由不去求知，去理解发生在这个时代里的种种问题……近年来，女权运动席卷全球，其中一个成果就是女性自身在智识上的觉醒。我们有多少活力，取决于我们有多高的觉悟……

在正当的平时生活中，在匆匆的日常里，对于什么才是头等大事，我们很容易弄糊涂。当我们忙着做贤妻良母时，

① 救济会：摩门教会的一个分支妇女组织，专注慈善及教育，1842年在美国成立，是历史上颇为久远、规模较大的妇女组织之一。

我们该如何挤出时间来提升自己……

可曾想过，你的家人是不是把你看作一系列的功能，而不是一个人……生活之旅的一个个阶段都过去了，我每每驻足自问，我究竟是谁？除了为人妻母，我有自己的身份吗？我该成为什么样的人呢？在人生的此刻，我又该干些什么呢？……

“一个女人一生中有两个重要日子：出生的那天，以及发现自己为何要出生的那天。”

接着她重述了玛丽和玛莎的故事：

玛丽和玛莎都是耶稣的好朋友。耶稣走进她们家后，玛丽坐其足旁听其言说，而玛莎忙着为客人准备餐食。

玛莎有很多苦恼需要解决，却不能分清主次。她忙于家务，忽略了最紧要的事情：贵客本人的来访。

我把讲话稿折好夹在其中一本她不愿意在里面写字的日志里。那么多年来，她买了一本又一本日志，可就是无法载以文字，而是只对自己敞开心扉。母亲的日志就是她的影子，容纳了她的深沉，她的内涵，以及她拒绝被他人知晓的用心。

我母亲拒绝接受她的那些角色。

“我不愿意。”皇后竭力叫道。她拒饮取自金泉的汩汩冒泡的生命之水，因为那要以另一个人的生命为代价。有关自己生活的真实，母亲既执信，又疑惧，故若诉诸笔端，恐要牺牲他人生活的真实。总有人会读到日志，她不愿自己所爱之人为此受伤害。而依我们的教育方式，我们都相信日志迟早都是要公之于众的。

那个“迟早”是母亲未曾享有的奢侈。她终日生活在炽烈的火焰中。她在三十八岁时便与死神狭路相逢，而活到了小儿子满二十岁。她完成了对子女的养育，恪守了对自己许下的诺言。

女人的意志便是生命的意志。

施特劳斯的歌剧《没有影子的女人》的最后几句是由那些未出生的子女唱的：“妈妈……让你不知所措的烦心事……私下里说，我们无法既是客人又算主人，如果那样的话，还会有这么一场盛宴吗！”

活着与爱着的本质便是互惠。都说作为女人我们该明白，为客之道在于得，作主之理则在舍。可假设情形反转呢？

假设主人每每摆下酒席款待她所爱之人,此刻舍予的是客,得到的反为主?同时身兼主客,便是想象一场本着尊重与欢悦的相互馈赠。唯其如此,我们作为女性或可不用总是舍生取义了。

摆下酒席。

我们摆下酒席做什么?

妈妈和奶奶在谈话。

奶奶说:“转型,黛安。”

五十四

我渐次提高了嗓音，对此奇观表达惊艳及敬畏：云雀的高谈阔论，椋鸟的窃窃私语，乌鸦的凶神恶煞，猫头鹰的喋喋不休。而在真实的隐蔽处，尚有藏身于林的隐居鸫，在雷鸣的间歇歌唱，不停地彰显着勇气。我并非在悲哀中，而是被这片残留的美感动而言说或行动。在中途岛环礁上有一只死去的信天翁，它的躯体已行将分解，此刻成了一簇羽毛，随太平洋里旋回的垃圾随波逐流。我们可以怀着恐惧跪下祈求宽恕。我们也可以转身离去。然而还有信天翁在头顶唳啼，乘风直上，凭其宽大的翅梁悬浮在空中。正是她召唤我们回应。

“我不是罪犯！我没有杀人！”男孩儿哭叫道，“我只想自杀。”

我们看着这个十五岁的孩子痛苦地扭动，之前他企图割腕。一个警察依法不得不将他铐了起来。

我正坐在缅因州沿海医务所的候诊室里，一起的大都是受了伤的捕龙虾渔夫。

先前走进急诊室时，我向接待员道歉。“为什么呢？”她问。为过度反应。此刻，在我描述过自己的症状，测过血压和体温后，我等着看情况是否真的如此。

已过午夜时分。我已经做了好几个钟头的检查，包括CT扫描和心电图，之后被医生的助手领进了一间私密的屋子。

“你大脑左侧有一块高密度软组织，经测最大面积为11.8×8.6毫米。”

我请她用我能理解的话说。

“我不知道该怎么确切地说，”她说，“不过看来你有个脑瘤，有中风的危险。”

我大笑起来，并没有把听见的话给听进去。就在这时，医生进来了，无意间听到了谈话和我那带刺儿的幽默。她打断道："这么说吧，假如从 1 到 10 进行风险评级，你就是 8 级。"

这句话，我听进去了。

我给远在犹他州的布鲁克打电话，告诉他情况：右侧身体麻木，视觉模糊，口齿不清。他听着，并没有多讲什么，只说搭下一班飞机尽快过来。城堡谷发大水了。友邻们正连夜沿普拉赛尔溪堆沙袋，希望洪峰过境时能保住自己的家园。我们家也在其中。他接电话时正在室外，我能听见涨溢的洪水从我们房子前沿的河谷咆哮而过。

我看见了那只划破我眼角的隼。它在追逐猎物，在湍流上如子弹一般疾速掠过。这一回它击中了我。我瞎了。抓瞎了我。我掉进了一个漩涡，无法逃脱自己那飞转着的思绪的恐惧。

这很像沙漠里的山洪，发作之前不一定有连日暴雨。我总以为自己的死期会展翅翩翩而来，而不是像这样来麻痹我的躯体，让我无法走路或不能讲话。

我一直想——这不是我的故事，这不是我的故事——直到想得彻底精疲力竭，顺从于乏力之后的绵软，以及覆着薄棉毯的医用轮床的硬冷现实。那么，我真是在这里了，我想。真意想不到。

如同游隼终落于礁岩，我的思绪也平静下来，能够换个视角想问题了。要是确有脑瘤呢？该怎么生活？要是患上中风了呢？该怎么生活？要是我好端端的而这只是误诊呢？接着我意识到，在这一片黑暗中，结果并不重要，问题却始终都只有一个。

护士进来给我量体温。她打开灯。我坐起来，眯缝着眼，看着钟。两只黑色指针在白色的钟面上疯狂旋转起来。二十四小时在几秒钟间就转完了。

“不，不是你脑子的问题。”护士看到了我的困惑，一本正经地说，“指针是绕着钟转哪。我没法告诉你怎么会这样。”

回到盐湖城后，我得到了确诊结果：海绵状血管瘤，正处于医生所谓的“能说会道”的大脑部位，或曰“韦尼克区”，语言理解的总部，隐喻和思维模式之家。我的情况只是血管有点儿纠缠，很可能是良性的，就像覆盆子，只不过挤在一起的是一串串淤血囊。简单说来，我内出血了，所以有麻木感。随时都会再次发生。先发出血预示了后期出血。两个治疗方案：开颅手术或坐观其变。

与神经外科大夫的对话大致如此：“我从你颅骨上开

个环状口子，在你清醒时进入你的大脑，做一些有关理解能力的测试，看看禁飞区在哪里，这个区域我们需要避开，以保证你的语言中枢尽量不受危害。之后我们要对你全身麻醉，移除畸形组织，切开的环状头骨复位，用带螺栓的六英寸钛金属片防护好，再让头皮重新覆盖并缝好，之后等待康复。”

“意思是？”

“意思是我们必须要观察你是否能够理解我说的话，是否自己也能说话。”

我听不下去了。

我问他能否再看看自己大脑的图像。鼠标一点，我的海绵状血管瘤又回到了X光片展示屏幕上。我盯着黑白图像。简直弄不清我看到的究竟是个弹孔，还是一扇透光的窗户。

从犹他大学到哥伦比亚大学神经科学系，陆续提出自己意见的医生们都会问同一个问题：“要是一直都这样不确定，你能过好自己的生活吗？”

“我还能怎样呢？”我说。

我选择什么也不做。

在确诊后的数周、数月里，我总梦见鸟儿。

母亲的日志随风打开，如鸟儿之展翼，白色的鸟儿。

白色的鸟儿。白孔雀。白猫头鹰。白鸽和白乌鸦。这些梦里的白色鸟儿栖居在一片冻原上，同时还有白色的熊和狼。我不明白是什么被冻在了心里，在这个我以为可以自由感知的世界里，究竟是什么冻住了我。

身体不会说谎。

2010 年的隆冬，我在缅因州参加一位年轻又美丽的姑娘的追思会。她有语言天赋，刚刚大学毕业，本可以成为前途无量的作家。我们时常交流随笔和小说。她聪明、清高，却消殒在对完美的追求里。说她自毁于厌食即在暗示我们无法体会到她的恐慌。我们其实是可以体会到的。我永远都做得不够好。我很想遁形藏匿。集体的挣扎成了个人的负荷。她累了。她下定了决心。她终结了自己的生命。众人围拢在她亲爱的父母和哥哥身边，我们都能感受到沉甸甸的责任和痛悔。

教堂里，做父亲的都充作了招待员，做母亲的则在整整一周里为这个失去亲人的家庭准备食物，逝者的家属在自己家成了客人，接受他人的安慰。我寻思着，我们是如何以不同程度的姿态，在悲恸之中相互予以如父母亲一般的呵护。我双眼盯着那只做工精巧的盒子——是邻居手工做的——正盛着她的骨灰，骨灰啊，我们终都落得如此。那片她孩提时代奔跑过的林子承载着她关于枫树、桦树和香脂冷杉的记忆。粉色的郁金香使祭坛的边缘少了硬冷。艾米莉最喜爱的花。对的，我要说出她的名字，她美丽的名字，艾米莉。

我们之中有多少人完全懂得行为的后果?

冬夜炽热的灯光穿透了这座白尖顶教堂的彩色玻璃，我们聆听着牧师朗读洛伦·艾斯利的《众鸟的审判》（*The Judgment of the Birds*）：

阳光和煦，林子里生命的呢喃轻轻化入了我的梦里。我醒来，朦胧意识到空地上的躁动和呼喊，斜阳穿过松树，将空地照耀得如同宏伟的大教堂。在狭长的光轴之中可以看见树木花粉的微尘，而伸展出去的树枝上，赫然栖着一只硕大的乌鸦，喙部叼着绯红且扭动着的雏鸟。

惊醒我的嚣叫声正是雏鸟的双亲发出来的，它们无助地围着空地打着旋儿。那油黑发亮的怪鸟毫不理会，吸了一口气，用喙在枯枝上磨了一会儿，然后仍不慌不忙地坐着。

直至此刻，这出小小的悲剧并无异样。可是突然间，一阵轻声的怨啼从林地四处响起。好几种花色各异的小鸟儿振翅飞进空地，雏鸟父母的悲鸣将它们吸引了来。

谁也不敢惹那只乌鸦。可是它们呼号着，像是怀着某种本能、共通的凄楚，丧子之痛和尚未遭受的丧子之痛。柔弱的窸窣及嚎叫充斥在林间空地中。它们鼓动着羽翼，仿佛在用翅尖指着凶手。他触犯了一种无影无形的伦常，它们都很清楚。他就是鸟儿的死神。

而他，这凶手，这只盘踞于生命心脏地带的黑鸟正襟危坐，在日常的光线中兀自闪亮着，不可一世，不可动摇，不动声色，不可捉摸。

哀叹声平息了，也正是在此时我目睹了审判。这是生命对死神的审判。我再也看不到这么有冲击力的演绎了。我再也听不见悠长得如此令人心碎的音符了。它们在抗议声中忘记了暴力。就在那里，在那片空地里，歌雀在肃杀之中踌躇地提高了清亮的嗓门。终于，当痛苦的鼓翼停顿下来，一只接一只鸟儿唱了起来，交替鸣啭着，起初还颇多犹豫，仿佛要艰难地忘记什么邪恶。然后，倏忽之间，它们精神大振，欢快地一齐放开歌喉，成为名副其实的演唱家。它们歌唱是因为生活是甜美的，阳光是璀璨的。它们在乌鸦阴郁的影子下歌唱。质朴的事实就在眼前：它们忘记了乌鸦，因为它们是生命而不是死亡的歌者。

我走出了教堂，走进刺骨的凛冽里。一只在卡罗来纳两州北部不常见的丽彩鹀飞了过来，它跟在暴风雪的尾巴后面被吹迷路了，所以滞留此地。我也给吹迷了途。我需要看一看那只鸟。我往喂食者的家里打了一个电话，那只丽彩鹀经常光顾他的饲料瓶。原来他就是那位跑遍了佩诺布斯科特湾所有岛屿的牧师。

"明早6点45分回来，"他说，"他准点得很哪。"

于是为赴丽彩鹀之约，天还没亮，我就驶上了白雪皑皑的缅因沿海公路。我敲响了门。牧师开门让我进去。他夫人正在做三杯量的咖啡。家里唯一的光亮来自厨房的柴炉，厨房中一扇宽大的落地窗像是给外面的饲料瓶加了个画框。时间是早晨6点30分。我们坐着说话，其间有长长的停顿。缅因人总是少言寡语。6点43分，丽彩鹀如约而至，仿佛匿于光与影间折痕里的梦幻。在停留的短短七分钟里，他的剪影愈显光彩流溢，而当黎明终于击中其细小的尾翼，他如一道烈焰闪耀光芒：火红、湛蓝、碧绿。四周再无别的鸟儿，只有他独自笃笃地啄着饲料瓶口，一次吃一粒葵花籽，之后便展翅飞去……

自此，我就再没梦见过白色的鸟。

我母亲的日志合上了。

一个月后，又有一次不期而遇。我走进新罕布什尔州汉诺威的史菲利思美术馆，伫立于鸟儿组成的螺旋柱前——黑、黑灰、灰白、红——都是剪纸造型风格的燕子和雨燕。这些鸟儿在白墙的衬托下呼之欲出。每一只似都依固定针的长短而展现出纷飞错落的姿态。

黑-白；黑；黑-灰；红；红-灰；蓝；这些鸟儿创生了一种即使在美术馆内也料想不到的疾速感。《红涡》（*Red Swirl*）是居住在新墨西哥州的艺术家茱莉亚·巴莱罗创作的装置。她理解雨燕和燕子，懂得它们如何弄潮于红石崖壁之上的滚滚热浪而自由翱翔。

美术馆空荡荡的。我拉了把椅子坐下。鸟群组成的螺旋呈现出赏心悦目的亲切景象，那是沙漠里的活力，也是我心里的活力。可是，有什么不太对劲儿。我心里受到了扰动，一种平静的伤痛。我此时心中的问题就如同困在我合拢手掌里的鸟儿，不停地扇着翅膀。

每只鸟的羽翼上都写有文字。极细的白色字句，非常纤小，站远了便看不清。我直到此时才发现这种特性。我起身凑近察看，不觉毛骨悚然。这些飞禽都是用核磁共振的X光片做的，就像六个月前查出我脑血管瘤的那种图片。

我掐了掐右手皮肤，看自己是否麻木了。

每只鸟都各是一种形象、一番存在、一个人，不知其代表的人是否都还健在。他们的大脑、骨骼和器官的局部扫描图像,连同散见的身份字样,此时都为艺术家重新审视,重新构造,而有关一个人健康危机的诊疗证明仍然存在着。就像我那样，影像成为诊断书，医生据此对病情予以指认。无法指认的是内心的扰动。

我母亲的日志便是一种扰动。

对世界麻木是另一种自杀形式。

我感到自己正和写在自己羽翅上的语句分离开来。我们如何才能超脱自身的诊断结果呢？我求问于鸟儿，丽彩鸥的余热仍在我掌心燃烧。理所当然的。又是离所当然的。丽彩鹀困在暴风雨中，滞留在那里。我则是困在了自己制造的暴风雨中。风卷残云。风卷全球。意乱而流离。在迷途的伤痛中，我能够自我纠正。我们能够抽身离开自己的生活而非选择无视,并借助退避的艺术以重返真实的自我。意外的遇见，无论是目睹于大脑之中或是冬日的黎明，都会提醒我们说，世上本无确定之物。郁金香即使在过早玉殒之后仍能婀娜起舞。

那我们就拥抱惊奇吧。

我母亲的日志便是一种惊奇。

处于螺旋中心的那只红鸟积蓄着自身的速率。再说一遍：速率。言词是有速率的。我是一个能言善辩的女子。剥夺走我的言语，我还剩下什么呢？习惯了言语的思想天分变得平庸起来，并消散开来离我而去——离开了所有亲密的人——忘记了如何理解一个如“鸟儿”这样的词。

我流血了。我变麻木了。这使我很害怕。

我母亲的日志让我很害怕。

此时，随着灯光的变化，群鸟的影子更多地投在了美术馆的白墙上。每只鸟的影子都在和我诉说。每一片影子都在让速率——形式的冲击力翻番。影子，我的影子此时与它们的影子融合起来了。下降。上升。羽翼的速率所生发的低语声唤醒了人们。

我母亲的日志便是一种唤醒。

我该如何生活？

我想要同时感受自己所生活的这个时代的美与痛。我想过完此生而并不趋向麻木。我想说话并理解伤痛的语言，而不是让这些语言成为我所栖居的风景。我很想只需一点点光芒，便能将黑暗升华至群星的王国。

这种血管畸形有破裂出血的可能。抑或我就让鸟儿的歌声带着自己继续生活，认同自己作为一个脆弱的人，生活在一个脆弱的世界里。什么是时间，什么才算神圣的时间，难道就是意识的加速吗？假如我们都被宣判过，那么改变判决的方式有很多呢。

我们不能孤军作战。我们正孤军作战着。

人类思想总是在上行，却是以螺旋状的方式上行。

——斯达尔夫人

我们将如何活着？

从前，当女人羽翼尚存时，我们都天真地相信，黎明时吟唱，黄昏时高歌，便可以在欢乐中治愈世界。鸟儿还记得我们已忘怀的：这个世界，是用来赞美的。

我母亲的日志是必须要赞美的。

LIV(E) [1]

尾（为）声（生）

当我走在大盐湖之畔的螺旋形防波堤上时，听见了母亲的声音，并非外界之声，而是来自内心。水位后退，石子铺就的堤路延伸到湖里，向内弯成螺旋状直至其中心。

路易斯和我一言不发地走在螺旋堤上。和我们一起的还有一男一女，也默然而行。在此之前，我从未参观过罗伯特·史密森的雕塑，一直在等待需要仪式感的场合。

从晒干的湖床上发出的热力仿佛扭曲了时空，盐结晶结成无数个熠熠生辉的棱镜。我们浮游于沙漠、碧水及蓝天的幻境中。我的内海、我的泪之湖盆，如今蒸掉了水，反倒可以容留我们，支撑着我。母亲去世已有二十四载，而我从未像现在这样感觉到她的存在。在这层次分明的景致中，我看见了周围的变化，不过更重要的是我感觉到了变化。曾覆于水面上涨的大盐湖之下的螺旋堤，如今重见天日。这很像我，我自己的心也没有了遮掩。大盐湖在天

① 原著每一节标题均为古罗马数字，至第五十四节时应为LIV，实际的标题为LIV（E），若以英文字面live理解则是“生活，生命”。

际如银刃般粼粼闪烁。

我曾以为自己在写一本关于声音的书。曾以为我会作为女人宣称，我们应该不惜一切代价而说出生活的真实。可此时，当路易斯跟在后面走着的时候，我意识到自己将永不能道出肺腑之意，因为言语辜负了我们，因为庇护是我们的天性，因为必须划清何时可以公开何时又为私密。保全内心的一份庄严能够给人以安慰，并非存着什么秘密，只因那是一种祷言。

世界已然遍体鳞伤，我们负有救治的使命，各有方式，各择时机，各怀禀赋。

我们站在螺旋堤的中心，转过身来，浩瀚的静谧凌于头顶。不知何去何从。男人离开了。女人留了下来，我们一起躺倒在盐质的荒地上面朝对方，耳贴大地倾听着。

我听见了母亲的声音。

在这片我挚爱的、拥抱了我一生风景的空旷里，我捧着母亲的日志，这是另类的悖论，没有承载言语的日志，却创造了想象的叙事。

我母亲的礼物便是这样一种谜。

每天，我都以空白页开始。

致谢

一本书是集体创作的结晶。我感谢以下人士的贡献。缅因州萨里的安·马奇·巴克；怀俄明州杰克逊的安妮特及伊恩·卡明；意大利东尼尼（Donnini）的比阿特丽丝·蒙蒂黛拉·柯尔特及桑塔·马达莱娜基金会所提供的写作场所；玛丽亚·休斯和尼克·西特曼对我的祝福；博妮·麦克杜格尔和凯茜·西尔伯提供的“女书”资料；埃莱娜·西苏的语言指导；利奥·特里德勒的戏剧资料；基姆·里德利、汤姆·加里对丽彩鹀的研究；茱莉亚·巴莱罗对燕子的研究；维吉及罗伯特·纽曼提供的螺旋堤知识；汤姆·米勒、詹妮弗·麦杰西克、斯坦·里索和斯塔里·西伊的保健知识；劳里·格雷厄姆的宗教知识；玛丽·托斯卡诺对羽毛的研究；Farrar, Straus & Giroux 出版社的丹尼尔·佩彭布灵、艾比·卡根、罗德里戈·克拉尔、杰夫·瑟

罗伊及凯茜 · 丹尼曼；Picador 出版社的戴维 · 罗杰斯、伊丽莎白 · 布鲁斯及加布里埃尔 · 甘兹；马修 · 罗斯柴尔德与本 · 乔治对文稿的修改；里克 · 巴斯、林恩 · 达勒波特、克莱亚 · 安德里亚斯、玛丽 · 弗兰克、斯蒂芬 · 特林布、莫内特 · 克拉克、米奇 · 霍利亨、安迪 · 弗里德兰、卡萝尔 · 富尔特、劳拉 · 卡马拉、埃莉诺 · 布利斯、比尔 · 赫登、特蕾莎 · 卡瓦佐斯 · 科恩、比尔 · 里索、斯托里 · 克拉克、艾弗里及费利西亚 · 里索、李及艾德 · 里德尔、贝琪 · 波顿、凯伦 · 谢泼德、杰拉林 · 怀特 · 德里福斯、安 · 米利肯、安娜贝拉 · 米利肯、卡萝尔 · 斯托克汉姆、汉克 · 坦佩斯特、丹 · 坦佩斯特、林恩 · 坦佩斯特、贝基 · 威廉斯、雷克斯 · 威廉斯、斯蒂文 · 巴克利以及卡尔 · 勃兰特对我的写作的赏识。当然，还有萨拉 · 克莱顿为我提供的洞见；约翰 · 坦佩斯特、路易斯 · 加库姆巴及布鲁克 · 威廉斯为我营建的家。

译后散记

致特丽·威廉斯

亲爱的特丽：

2017 年 5 月，我在首都经济贸易大学见到你和布鲁克时，你趁午餐将我单独拉到一张小桌子旁。那场作者与译者的忘年对话持续了半小时。此后，你苍老而年轻的面孔、如炬又温情的目光，便一直萦绕于我的脑海里直至今天。假如当时我已经大体译出了这本书，那我和你当场就可以做一次更深入的交谈了。然而译你的书及与你的交流，就和我们大多数人不完美的生活一样，遗憾总是常态。自北京一别，我回南京重拾起一个中国高校教师的节奏，你则与布鲁克继续出游、写作、演讲，几乎音信杳无。我与你的交往，只能通过阅读你出版的文字而不再有“直播”的言语。我单向地读你，你不再说话。这是不是和你母亲在身后与你的那种共栖是类似的呢？虽然你和我都还同在于世。

只是你给我的文字，足够丰沛到我可以尽情地吸收。其实读你的书，一如听你的演讲：动情之处，你每每饱含泪水。听众觉得你的情感丰富得超乎寻常，可那泪水绝不会因为汹涌而廉价。相反，我的体验是你的行文大多是沉静而持重的，可如果也同样郑重地去咀嚼甚或摇撼，读者的精神世界里就会盛满了你所给予的汁液。重温一下这个小片段：

八月的三角叶杨飘落了一地如暴雪般的种子。清晨，放眼窗外，但见一只地松鼠披裹着杨花絮，正把前臂上的树种子剥下来吃。突然间，一只黄鼠狼杀到，疯狂地在院子里追逐着地松鼠。就在黄鼠狼要攫住地松鼠的脖颈发出夺命一击时，她猛然转身，直面黄鼠狼厉叫起来。黄鼠狼惊得窜到半空，背着地摔落下来，同时地松鼠已逃得没了踪影。

除开撕斗场面的惊心动魄不说，你如何知道那小小的地松鼠是个“她”？在需要“放眼”的远处，在激烈的动作之中，你如何辨别的？我只能臆测，那是你的诗意直觉，你感到地松鼠与弱女子是相通的：并非一样的“弱”，而是作为精灵，能够一样地通过“厉叫”而焕发出意想不到的力量来。

我感到作为译者，此时是有一点幸福的特权的。

尤其是作为中译者，我很期待向你诉说。你在大洋彼岸笑而不言，我只能在这里絮叨更多给你听。很惊喜你对江永女书的熟悉与推崇：“读‘女书’的文字，犹如寻觅飞鸟行踪，目睹牛群踏雪缓行。优雅的线形书法，相较传统的方块儿状汉字大异其趣。”这即使是在中国也并非广为人知，而你引以为“弥足珍贵的证言”，用符码写成的秘密文字，并将其与你贯穿全篇的母亲的空白日志这一悬念联系在一起：“母亲的日志便是以符码写就的。”你还记得吗？我们在北京对谈时，你惊喜于我提到的武则天的无字碑。这位中国古代史上绝无仅有的女皇，也和令堂一样以空白来言说。我再补充说说另一个女人：汉高祖的皇后吕雉早于唐朝的武则天，图称制未果，但同样是一位不平凡的超越时代的女性。充满讽刺意味的是，中国史书中新帝登基时通常会记载天文吉相，如“五星连珠”（金木水火土五个行星连成一条线），从而证明皇权的天赋。现代天文学家证明，在吕后掌权及武则天称帝时，实际都发生过“五星连珠”，而史书却无记载。可见，女性当政的合法性始终遭到质疑与抵制。而作为“第二历史”的史书的记载与不记载或干脆撒谎，都意味深长。或许武则天早已看穿了一切，所以要为自己立无字碑了。不知你母亲若知，是否会心一笑呢?

这些个看似空落，实则心心相印的“空白”固然意味深长，但你的绵实叙述、一个个鲜活的故事所缀串出的成长历程，毕竟才是这本有字书的力量源泉。尤其是你在女性—环境双重事业上的书写与奔走，令我这样一个男性译者也倍感钦佩和鼓舞。“我知道了我们的心声是如何通过故事而得到了最大限度的增强的。”你曾告诉读者。另一位写鸟儿的女作家芙蕾雅·马修斯也说:“富有深度的故事或具备共鸣的神话，能够帮助我们引领好文明的走向。”鸟儿的故事与人的历史交织在你的书里。正如书名所揭示的，这本书的核心符码即为羽翼奋击的鸟儿，这一美丽的意象与女性的心灵与肉体在解放道路上的起舞的关联是不言而喻的。而且我知道，《当她们羽翼尚存：聆听母亲的无言日志》不仅是《心灵的慰藉：一部非同寻常的地域与家族史》的姊妹篇，而且与许多女性作家关于鸟儿的写作都构成了互文。从萨拉·朱厄特的《白苍鹭》到当代的芙蕾雅·马修斯的《阿尔代亚》，自然、女性主题都在相互编织为求得自由、庇护和成长的百衲被。

当然，你还让我们看到，女性的力量不仅在于诗学的勃发，还在于实践层面上对于社会的贡献。你让我们看到，叙事与行动都能够改变现实，你所记录的一再阻挠荒野保护工作的汉森议员的傲慢语录，几乎成为反面名言："我很抱歉，威廉斯女士，你说的话有的我没听到。"这让我想到肖瓦尔特在《姐妹的选择》中记述了喜欢使用公共的、侵略性的阳刚语言的爱默生，他宣称不能理解同为超验主义者的女作家富勒："有时候我能听见你说的话，可是对于你的思想状态，我始终是个陌生人。"

亲爱的特丽，你的写作和我的翻译工作，正是为了能让更多的人听见。翻译一本好书的本身，就是力量的汲取过程。我想我的同行译家及前辈一定有更深的感触。而与我共读你的作品的研究生晓雯——一位能用心聆听你的声音的女孩儿——将硕士论文定题为"特丽·坦佩斯特·威廉斯作品中的地域感与女性生态身份的构建"。当她读到你在说“世界正在分裂”时，写下来这样的笔记：“女性面临因压迫而失语的生存困境，从肉体到精神，历史上向来如此。于是她们孤立无援，保持沉默，将自己的思想与内心情感深埋地下。而倘若她们选择了发声，原本的世界便会开裂。威廉斯用一个进行时揭示了现实社会的真相，她想要听到更多有勇气的声音，以打破一直以来的桎梏。”

你不觉得你思想的阳光，正在透过文字而照耀进越来越多人的心头吗？

每当我把平日繁杂的工作调换到“翻译频道”时，你就给我以温暖的笑容，如电视台标一样牢靠地驻扎在我视野一角，注视着我，也支撑着我。你知道吗，有时为了更好地理解你的某一段文字，我会从网上找出你的照片，然后端详着你，琢磨你的想法。没错，我没有夸张。因为翻译这一部书不同于以往，我特别需要调动自己的情绪，来面对这蓄满了想象与情怀的作品。希望你带给我和未来读者的这缕阳光，在翻译工作结束之后，持续照耀！

韦清琦

2019 年 3 月于南京

图书在版编目(CIP)数据

当她们羽翼尚存：聆听母亲的无言日志 / (美) 特丽·坦佩斯特·威廉斯著；韦清琦译. — 重庆：西南师范大学出版社，2021.5

书名原文：When Women Were Birds：Fifty-Four Variations on Voice

ISBN 978-7-5621-9706-5

Ⅰ. ①当… Ⅱ. ①特… ②韦… Ⅲ. ①回忆录－美国－现代 Ⅳ. ① I712.55

中国版本图书馆 CIP 数据核字 (2021) 第 055156 号

当她们羽翼尚存：聆听母亲的无言日志

DANG TAMEN YUYI SHANGCUN：LINGTING MUQIN DE WUYAN RIZHI

[美]特丽・坦佩斯特・威廉斯（TERRY TEMPEST WILLIAMS）著
韦清琦 译

出版策划：闫青华 何雨婷
责任编辑：何雨婷
特约编辑：项歆妮
装帧设计：夏玮玮
出版发行：西南师范大学出版社
重庆市北碚区天生路1号 邮编：400715
http://www.xscbs.com 市场营销部电话：023-68868624
印 刷：重庆紫石东南印务有限公司
成品幅面尺寸：148mm×210mm
印 张：9.125 字 数：160千字
版 次：2021年5月 第1版
印 次：2021年5月 第1次印刷
著作权合同登记号：版贸核渝字（2020）第 085 号
书 号：ISBN 978-7-5621-9706-5

定 价：65.00元

读者 Readers 回函表

WIPUB BOOKS

电子回函表入口

姓名：__________ 性别：______ 年龄：______ 职业：________ 教育程度：______

邮寄地址：______________________________________ 邮编：__________

E-mail：__________________________ 电话：__________________________

您所购买的书籍名称：《当她们羽翼尚存：聆听母亲的无言日志》

您对本书的评价：

书名：	□满意	□一般	□不满意	故事情节：	□满意	□一般	□不满意
翻译：	□满意	□一般	□不满意	书籍设计：	□满意	□一般	□不满意
纸张：	□满意	□一般	□不满意	印刷质量：	□满意	□一般	□不满意
价格：	□便宜	□正好	□贵了	整体感觉：	□满意	□一般	□不满意

您的阅读渠道（多选）：

□书店 □网上书店 □图书馆借阅 □超市/便利店 □朋友借阅 □找电子版
□其他 __________

您是如何得知一本新书的呢（多选）：

□别人介绍 □逛书店偶然看到 □网络信息 □杂志与报纸 □新闻
□广播节目 □电视节目 □其他

购买新书时您会注意以下哪些地方（多选）：

□封面设计 □书名 □出版社 □封面、封底文字 □腰封文字 □前言、后记
□名家推荐 □目录

您喜欢的书籍类型（多选）：

□文学-奇幻小说 □文学-侦探/推理小说 □文学-情感小说 □文学-散文随笔
□文学-历史小说 □文学-青春励志小说 □文学-传记
□经管 □艺术 □旅游 □历史 □军事 □教育/心理 □成功/励志
□生活 □科技 □其他 __________

请列出3本您最近想买的书：__________、__________、__________

请您提出宝贵建议：____

____

★感谢您购买本书，请将本表填好后，扫描或拍照后发电子邮件至wipub_sh@126.com，您的意见对我们很珍贵。祝您阅读愉快！

编辑 Editor 邀请函

WIPUB BOOKS

亲爱的读者朋友：

也许您热爱阅读，拥有极强的文字编辑或写作能力，并以此为乐；

也许您是一位平面设计师，希望有机会设计出装帧精美、赏心悦目的图书封面。

那么，请赶快联系我们吧！我们热忱地邀请您加入"编书匠"的队伍中来，与我们建立长期的合作关系，或许您可以利用您的闲暇时间，成为一名兼职图书编辑或兼职封面设计师，成为拥有多重职业的斜杠青年，享受不同的生活趣味。

期待您的来信，并请发送简历至 wipub_sh@126.com 和 xscbsr@sina.com，别忘记随信附上您的得意之作哦！

译者 Translator 邀请函

WIPUB BOOKS

为进一步提高我们引进版图书的译文质量，也为翻译爱好者搭建一个展示自己的舞台，现面向全国诚征外文书籍的翻译者。如果您对此感兴趣，也具备翻译外文书籍的能力，就请赶快联系我们吧！

您是否有过图书翻译的经验：

□有（译作举例：______________________________ ） □没有

您擅长的语种：

□英语 □法语 □日语 □德语

您希望翻译的书籍类型：

□文学 □心理 □哲学 □历史 □经济 □育儿

请将上述问题填写好，扫描或拍照后，发至 wipub_sh@126.com 和 xscbsr@sina.com，同时请将您的应征简历添加至附件，简历中请着重说明您的外语水平。